朝日文庫時代小説アンソロジー

吉原饗宴

菊池 仁・編　有馬美季子
志川節子　中島 要　南原幹雄
松井今朝子　山田風太郎

朝日文庫

本書は文庫オリジナルです。

目次

吉原饗宴

あぶなげな卵

有馬美季子

有馬美季子（ありま・みきこ）
一九六九年生まれ。「はないちもんめ」「はたご雪月花」シリーズで日本歴史時代作家協会賞を受賞。著書に『吉原花魁事件帖』『食いだおれ同心』、「縄のれん福寿」シリーズがある。

一

　夜が明けた頃、華舞《はなまい》は窓をそっと開け、通りを眺めた。満開だった桜もずいぶんと花びらを落としてしまい、少々物悲しいが、不如帰《ほととぎす》の囀《さえず》りが耳に心地良い。

　──そろそろ桜を取り去ってしまうのね。この時季って毎年なにやら寂しいけれど、卯月《うづき》になれば衣替《ころも》え。新しい季節がやってくるわ──

　華舞の部屋に飾ってある桃の花は、今が盛りのように咲いている。華舞が花器に生けたものだ。

　夜を共にした馴染《なじ》み客の武井惣左衛門《たけいそうざえもん》が、後ろから華舞をそっと抱き、「名残《なごり》惜しいが……そろそろ行かなくては」と、耳元で囁《ささや》いた。武井は、某藩の、江戸留守居役である。武井も、吉原随一の花魁と謳われる華舞に、夢中であった。

　華舞は武井に連れられ、引手茶屋《ひきてぢゃや》に朝餉《あさげ》を食べにいった。

「本当に美味《おい》しいでありんすなあ」

仕出しで取ってもらった鮭雑炊《さけぞうすい》のまろやかな味に、華舞は目を細める。吉原の中の料理はそれほど美味しくはないと言われるが、華舞は、この台屋〈ゑびす〉の御飯は好きであった。華舞がいつも妓楼《ぎろう》で取るのも、〈ゑびす〉の仕出しである。〈ゑびす〉では板前の喜助《きすけ》が張り切って作っており、その料理は、華舞の客や周りの者たちにも評判が良かった。

武井を大門《おおもん》まで見送り、妓楼に戻って部屋に入り……華舞は悲鳴を上げそうになって口を押さえた。

加賀友禅《かがゆうぜん》の着物が、ずたずたに切り裂かれていたからだ。空色の生地に、色取りどりの牡丹や草花、花車が描かれたその着物は、札差の大旦那の加納屋泰蔵《かのうやたいぞう》から贈られたものであり、華舞のお気に入りであった。

――誰がこんなに酷《ひど》い事を……――

華舞は、無残な姿になった着物を抱き締め、唇を震わせる。涙が一滴、頬《ほお》を伝った。

香炉の盗難に続いて起きた不審な出来事に、華舞もさすがに青褪《あおざ》める。しかし、犠牲になった着物は一枚だけであり、華舞は騒ぎ立てることはやめようと思った。着物が切り裂かれるなどという出来事ならば、誰かに話せば、必ず皆に伝わってしまうような気がしたからだ。下手をすれば、京町一丁目の大見世〈桃水楼《とうすいろう》〉の外にも広まってしまうかもしれない。

華舞は部屋を見回し、ほかに異変が無いか、隅々《すみずみ》まで確認した。引き出しの中も調べたが、盗られたものなどは無かった。

気を落ち着かせ、華舞は廊下へと出て、遣《や》り手部屋にいる墨江《すみえ》に声を掛けた。遊女たちの様子などを見渡せるよう、遣り手部屋の障子戸《しょうじど》は既に開けてある。

「すみません。……あの、私がお客様をお見送りして外に出ている間に、誰か私の部屋に入った人、いませんでしたか？」

動揺を悟《さと》られぬよう、努めてさりげなく訊《き》いてみる。墨江は眠そうな目を擦《こす》り、首を傾《かし》げた。

「いいえ、気づきませんでしたけれど。……なんですか？　また何かありましたか？」

「あ、それならいいです。お騒がせしました、ごめんなさい」

華舞は、そそくさと部屋に戻る。それにしてもおかしいと、華舞は思った。

――私が武井様と一緒にここを出た時には、墨江さんは起きていたようだったわ。障子戸はまだ開けていなかったけれど、起きている気配がしたもの。遣り手部屋と、私の部屋は、それほど離れていない。それなのに、墨江さんは、香炉の件にしても、今回の着物の件にしても、まったく気づかなかったようだわ。……どういうことなのかしら？　下手人《げしゅにん》は、よほど素早く行動しているということ？――

華舞は、なるべく、人を疑うことをしたくはない。しかし、着物が切り裂かれたりすれば、さすがに、――誰かの悪意が自分に向けられている――と、思わざるを得ない。

そして、疑うべきは、やはり「妓楼の中にいる者」ということになる。

胸苦しくなり、華舞はゆっくりと深呼吸をした。

――加納屋泰蔵様が、矢で狙われた事件。あのことは、私への嫌がらせと、関係しているのかしら。……まさか、あの矢は、加納屋様を狙ったのではなく、本当は私を狙ったものなのでは？　闇の中で手元が狂い、誤って、加納屋様に放たれたのでは？――

不意に目眩《めまい》に襲われ、華舞はこめかみを押さえた。目に見えぬ悪意にぞっとして、崩れるように畳にしゃがむ。

華舞は、馴染み客の大隅屋《おおすみや》半吾郎《はんごろう》に言われたことも思い出した。

――大隅屋様が、頭巾《ずきん》を被った男に『華舞という花魁《おいらん》には近づかないほうがいい』と忠告されたこと。それも、嫌がらせだったのかしら。この一連の件に繋《つな》がる……――

華舞は畳に座り込み、暫《しばら》くじっとしていたが、そろそろ禿《かむろ》たちがやってくるだろうから、慌てて切り裂かれた着物を隠す。

座敷に寝かせていた雌の狆《ちん》〈乙女《おとめ》〉も目を覚ましたようで、動き回る音が聞こえた。

妓楼が回り始める刻だ。遊女も客も起きて、後朝《きぬぎぬ》の別れを迎える。廊下を慌ただしく行き交う音、遊女や客の賑やかな声が聞こえてくる。

――私が武井様と一緒に出る時、ほかの花魁の姐《ねえ》さんたちは皆、まだお客様と寝ていたようだったわ。廻し部屋の姐さんたちは、起きていた人もいたようだったけれど。……でも、姐さんたちはお客様と一緒なのだから、不審なことなど出来ないはずよね。ということは……――

もやもやとした思いが、華舞の胸に広がってゆく。人を疑いたくないのに、疑わずにいられなくなり、次々に浮かぶ考えを打ち消すかのように、華舞は頭を大きく振った。

二

妙なことが起きても、華舞は相変わらず忙しく、落ち込んでもいられない。泰蔵も心ノ臓の具合が良くなり、身の危険を感じつつも、また足繁く通うようになっていた。

泰蔵のほかにも、近頃は瀧田《たきた》権之助《ごんのすけ》という男も、華舞に御執心だ。なんと瀧田は、南町奉行である。歳は五十四だが、いかにも精力旺盛といったような、血色の良さだ。しかし華舞は、三度の面会はとうに過ぎているのに、瀧田とまだ床入《とこい》りしていない。それでも瀧田は、華舞に会いに通ってくるのだ。

いわゆる焦《じ》らしの手練手管《てれんてくだ》なのだが、このような技が通用するのも、華舞ほどの妓《おんな》であるからこそだろう。

瀧田は、華舞に焦《こが》れながらも、手間と金子《きんす》の掛かる吉原遊びが楽しくて仕方がないようだ。

瀧田は、華舞の謳《うた》い文句、〈京の没落公家《くげ》の娘〉に痺《しび》れるらしく、なかなか手に入れることが出来ないからこそ、いっそう燃え上がるようであった。

酒宴を開き、華舞や振袖新造《ふりそでしんぞ》、禿たちを侍《はべ》らせ、それだけでも瀧田は御満悦だ。

「いや、京の香りがする女人は、やはり良いものよのう。わしは、昔、お役目で京におったことがあるのよ」

酒に酔い、顔を赤らめ、瀧田は目尻を下げる。すると華舞はぼんやりとした眼差《まなざ》しで、瀧田を見つめ、小首を傾《かし》げた。

「さて、旦那はんに、どこかでお会いしたことがありんしたかなあ」

旦那はん、など京言葉を挟むと、瀧田はますます相好《そうごう》を崩す。瀧田は「思い出すまで吞《の》ませてやる」と、酒を更に注文する。

そんな瀧田に、華舞は嫣然《えんぜん》と微笑《ほほえ》むのだった。

がつがつとしていない瀧田は、新造や禿たちにも評判が良かった。

「粋《いき》な御方でいらっしゃいますね。瀧田様のお座敷は楽しいです」

「もっともっと通っていただきたいわ。御馳走してくださるし」

振袖新造の花里《はなさと》と花衣《はなぎぬ》も、瀧田に懐《なつ》いている。

「そうね。もっと足繁く通ってくださるよう、頑張らなくちゃね」

華舞は、ふふ、と含み笑いをした。

ちなみに瀧田は大門を潜《くぐ》る時には頭巾を被って変装しているが、面番所の者たちには、ばれている。与力《よりき》の吉田《よしだ》も同心の旗山《はたやま》も見て見ぬふりだが、半ば呆《あき》れているようであった。


昼見世が始まる前、華舞は廊下で、四番手の花魁の琴音《ことね》と擦《す》れ違った。相変わらず人懐っこい笑顔の琴音だが、華舞を見て、心配そうに言った。

「姐さま、どうしました？　顔色があまり良くないですよ。何かありました？」

華舞は苦い笑みを浮かべた。

「大丈夫です。少し疲れているのですよ。お気遣い、ありがとうございます」

琴音は声を潜《ひそ》めた。

「香炉、見つかりました？」

「……いえ、まだ」

琴音は辺りを見回し、囁いた。

「また何かが起こりましたら、私でよろしければ御相談に乗りますから、お話ししてくださいね」

琴音は兎《うさぎ》のような、黒目がちの優しい目をしている。華舞は、胸が温《ぬく》もった。

「ありがとうございます。心強いです、そう仰《おつしや》っていただけますと」

「華舞姐さまには、いつもお世話になっておりますので、たまにはお返しさせてください」

琴音の穏やかな微笑みに、華舞は慰められる。しかし、着物が切り裂かれていたことは、まだ誰にも話せそうにもなかった。

三

月が美しい夜、華舞は加納屋泰蔵に呼ばれ、引手茶屋で酒宴が開かれた。

笑い声が響く中、芸者の貞奴《さだやつこ》の様子がおかしいことに、華舞は気づいた。貞奴は三味《しやみ》線《せん》の名手であるのに、やけに間違えたからだ。

——貞奴さん、具合でも悪いのかしら——

華舞が心配していると、さすがに皆も気づいたようであった。どうも撥《ばち》が滑り、音がぶれるのだ。

華舞は口には出さなかったが、——今宵はなんだか蒸し暑いから、手に汗を掻《か》いてしまうのかしら。それとも、弾いている〈残月〉は難曲と言われるものだからかしら——

などとも思った。

貞奴を咎《とが》める人はいなかったが、泰蔵は、「おいおい。今夜はやけに調子っぱずれだな、どうした」と、苦笑した。

貞奴は弾く手を止め、「申し訳ありません」と、皆に頭を下げた。

座敷が一瞬しんとなる。

華舞は背筋を正し、気を利かせた。

「貞奴さんは、地唄も達者でありんすが、粋な長唄のほうが、よりお上手でありんす」

ちなみに地唄は上方を中心とする音曲《おんぎょく》であり、長唄は江戸の音曲である。泰蔵も頷《うなず》いた。

「そうだな。〈残月〉はどこか辛気《しんき》臭いし、もっと明るい曲のほうがよいな。〈松の緑〉でも弾いてくれ」

華舞は、禿のさくらとあやめにそっと目配せをした。

「ほら、踊りをお見せするでありんすよ」

「あい」

さくらとあやめは立ち上がり、長い袖《そで》を金魚の鰭《ひれ》のようにひらひらと揺らして、舞い始める。

〈松の緑〉は、杵屋《きねや》六翁《ろくおう》が作った曲で、禿のことを唄ったものでもある。禿には〝みどり〟という名が多く、〝緑〟に重ね合わされているのだ。それゆえ、さくらもあやめも習い込んでおり、扇子《せんす》を翻《ひるがえ》して、それは卒なく上手に踊る。皆、禿たちの艶やかさに目を奪われ、そのおかげで貞奴は幾分楽な気持ちで弾けたようだが、やはりどこか切れが悪かった。

その次の座敷でも、貞奴の様子はおかしかった。雰囲気も暗く、やはり時々間違える。〈黒髪〉という湖出市十郎《こいでいちじゅうろう》作の長唄を、途中で弾けなくなった時は、皆、驚いた。貞奴は唄ってもいたのだが、声が裏返ったかと思うと、三味線も途切れてしまったのだ。これには貞奴自身も愕然《がくぜん》としたようで、目に涙を浮かべつつ、何度も頭を下げた。

華舞は思った。

──このままだと、誰かに告げ口され、貞奴さん、お仕事をちゃんと続けられるかどうか危うくなるのではないかしら──

貞奴は華舞と歳も同じなので、尚更《なおさら》、気掛かりであった。

華舞が失った香炉は、まだ見つからなかった。禿の二人は、空いた時間に、香炉を探していた。華舞はもう諦めているものの、禿たちは──いつも優しい華舞姐さまの為に、少しでもお役に立ちたい。ちゃんと見つけて、喜ばせてあげたい──という気持ちであった。

さくらとあやめは、妓楼の中だけでなく、外にも出て、あらゆるところを探す。すると九郎助稲荷《くろすけいなり》で、貞奴が賽銭《さいせん》を投げて何か懸命に願い、溜息をついているところを、目撃した。

吉原の中には稲荷がそれぞれの角に、四つある。西河岸の奥、〈桃水楼〉がある京町一丁目に最も近いのが、松田稲荷で、ここは開運稲荷とも呼ばれる。西河岸の大門に近いほうの角にあるのが、榎本《えのもと》稲荷。鉄漿《おはぐろ》どぶ側の大門に近いほうの角にあるのが、明石《あかし》稲荷。そして、鉄漿どぶ側の奥にあるのが、九郎助稲荷で、ここが遊女に最も人気があった。

さくらとあやめは頷き合い、妓楼に戻ると、稲荷で見たことを華舞に告げた。禿の二人も、貞奴の調子が良くないことを、心配していたのだ。

「貞奴さん、何か悩み事があるのでしょうね」

さくらの言葉に、華舞も頷いた。

華舞は文を書くと、藤の枝にそれを括《くく》りつけ、禿の二人に頼み、貞奴へと届けさせた。休み刻に、貞奴を呼ぶ為だ。

呼び出しの口実は、〈源氏香をお手合わせ願いたい〉、というものであった。座敷を共にするうち、貞奴が源氏香の名手であることも、華舞は知っていた。

貞奴が、〈桃水楼〉を訪れた。

「勝手なお願いで、わざわざお出向きくださって、まことにありがとうございます」

部屋の中で貞奴と向かい合い、華舞は深々と礼をする。貞奴は「やめてください」と言った。

「お職《しょく》の華舞さんに頭を下げてもらっては、こちらが困ってしまいます。どうかお気になさらず」

華舞はもう一度、丁寧に礼をし、お茶を点《た》て、巻煎餅《まきせんべい》と共に貞奴へ出した。貞奴は「ありがとうございます」と、お茶を静かに味わった。

華舞は、やんわりと切り出した。

「何かお悩みのことが、あるのですか？」

貞奴は微《かす》かな笑みを浮かべ、巻煎餅を手に取り、一口齧《かじ》った。目を伏《ふ》せ、言い難《にく》そうに黙っている。華舞は続けた。

「お仕事にも、差し障《さわ》るのではありませんか」

貞奴は、弱々しく頷いた。自分でも、このままではいけないと、思っているのだろう。

暫《しば》しの沈黙の後、貞奴は口を開いた。

「……源氏香のお手合わせの為、参りました」

源氏香とは香道の楽しみの一つで、『源氏物語』を用いた組香《くみこう》である。その遊び方とは、こうだ。

・五種の香木を各五包ずつ、計二十五包、用意する。
・香元はこの二十五包を切り交ぜ、中から任意の五包を選ぶ。それを一つずつ炷《た》き、客に香炉を順に廻し、香を聞いてもらう。つまり、五回、聞いてもらうことになる。
・香炉が五回廻った後、客は五つの香りの異同を紙に記す。まず五本の縦線を書き、右から、同じ香りであったと思うものを横線で繋いでいく。

たとえば、図の右列の一番下の〈花宴《はなのえん》〉は、一番目と三番目に聞いた香が同じ香りで、二番目、四番目、五番目に聞いた香はそれぞれ独立した香りであるという意味だ。

この五本の線を組み合わせて出来る型は五十二通りある。その五十二通りの型には、それぞれ、『源氏物語』五十四帖のうち〈桐壺〉と〈夢浮橋〉を除いた五十二帖の巻名がつけられている。

それを記したものが〈源氏香の図〉である。客は〈源氏香の図〉と、自分の書いた図を照らし合わせ、一致するものの巻名が、即ち答《こたえ》となる。

平安の香りが漂うこの遊びを華舞はとても好んでおり、香図を見ずともすらすらと答えるので、〈源氏香の名手〉と名高く、その評判は吉原の外にも広まりつつあった。

華舞は今日、客ではなく香元の役割だ。華舞が香の包みを作る間、貞奴は懐紙に何かをしたため、折り畳んだ。

二人は向かい合い、源氏香を始めた。貞奴は、ゆっくりと香を聞く。五回繰り返し、図を見つつ、貞奴は答えを書いた。

貞奴の答えは、〈夕顔《ゆうがお》〉。しかし、正解は〈朝顔《あさがお》〉であった。

華舞は首を傾げた。

――貞奴さんが間違えるようなややこしい香木は、使っていないわ。やはり、心ここにあらず、なのかしら――と、心配が募る。

帰り際、貞奴は折り畳んだ懐紙を、華舞に渡した。

一人になり、華舞は懐紙を広げた。それには、こう書かれてあった。

《秋過ぎて　鮭《さけ》去りぬ　簞笥《たんす》を開いて　今度仕舞うの　炒《い》った豆》

華舞は目を丸くし、再び首を傾げる。

――何を意味するというのかしら？　秋が過ぎて、旬の鮭が去ってしまったので、簞笥を開いて、今度は炒った豆を仕舞うというの？　では、今までは、簞笥に鮭を仕舞っていたということかしら？　妙な話だわ――

華舞は、貞奴の麗《うるわ》しい水茎《みずくき》の跡を眺めながら、暫《しば》し考える。書かれた文を口の中で繰

源氏香の図

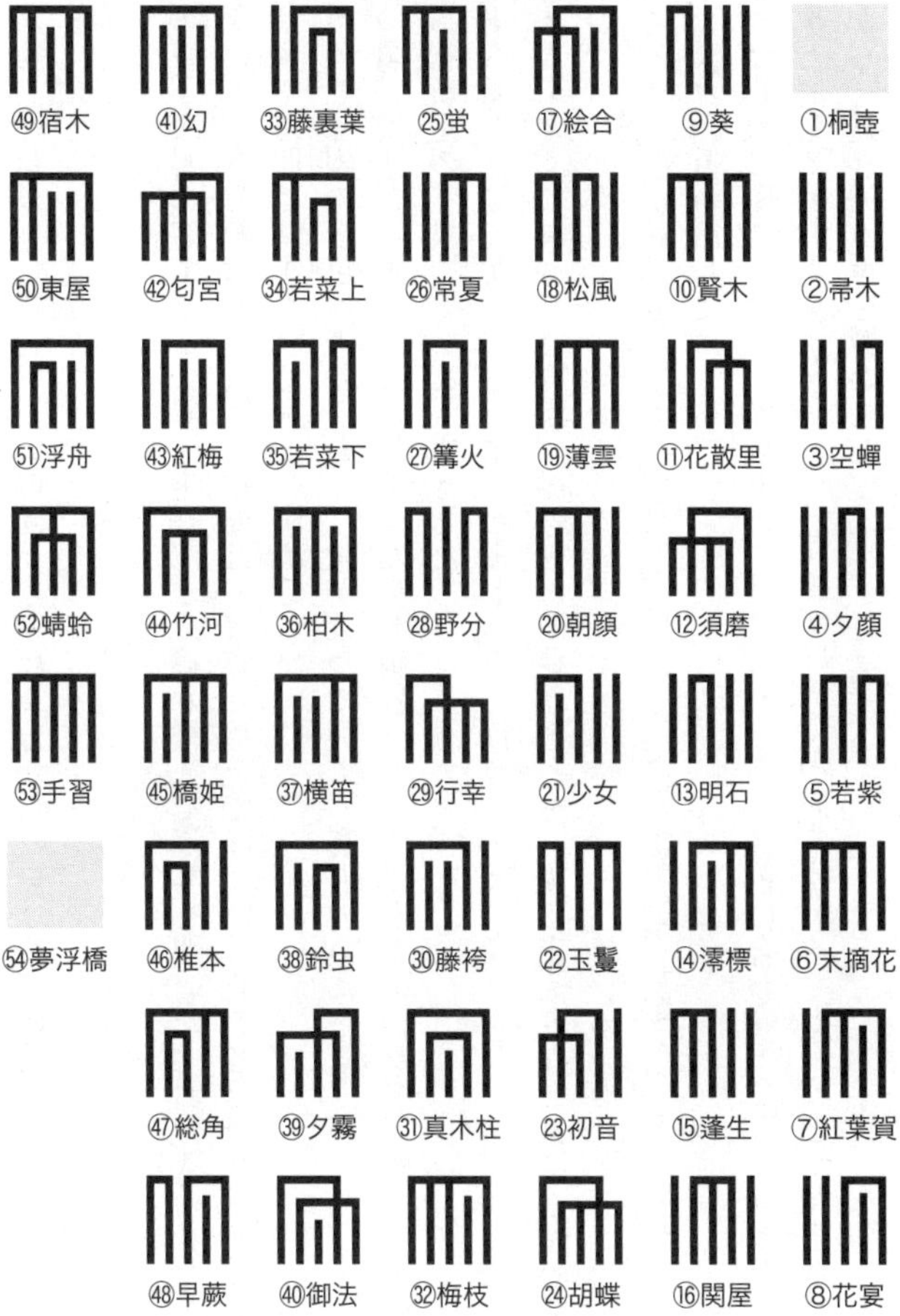
①桐壺
②帚木
③空蟬
④夕顔
⑤若紫
⑥末摘花
⑦紅葉賀
⑧花宴
⑨葵
⑩賢木
⑪花散里
⑫須磨
⑬明石
⑭澪標
⑮蓬生
⑯関屋
⑰絵合
⑱松風
⑲薄雲
⑳朝顔
㉑少女
㉒玉鬘
㉓初音
㉔胡蝶
㉕蛍
㉖常夏
㉗篝火
㉘野分
㉙行幸
㉚藤袴
㉛真木柱
㉜梅枝
㉝藤裏葉
㉞若菜上
㉟若菜下
㊱柏木
㊲横笛
㊳鈴虫
㊴夕霧
㊵御法
㊶幻
㊷匂宮
㊸紅梅
㊹竹河
㊺橋姫
㊻椎本
㊼総角
㊽早蕨
㊾宿木
㊿東屋
51浮舟
52蜻蛉
53手習
54夢浮橋

り返すも、やはり、何を言いたいのかがさっぱり分からない。華舞は美しい顔を曇らせ、溜息《ためいき》をついた。

その夜、華舞の客である大隅屋半吾郎が〈桃水楼〉で酒宴を開いた。お付きの者たちも一緒だが、今日呼ばれた芸者と幇間《ほうかん》は、貞奴と孫市《まごいち》ではない、別の者だった。半吾郎は、芸者や幇間は気まぐれで選び、決めていない。

今宵の三味線の音色は張りがあり、脂《あぶら》が乗っていて、宴も大いに盛り上がった。闌《たけなわ》の頃、墨江が「申し訳ござりんせん」と厠《かわや》に立ち、賑やかさに紛れて、障子の隙間から振袖新造の花里をそっと手招きした。

花里も頭を下げて席を立ち、すっと廊下へ出て行った。

二人ともすぐに戻ってきたが、半吾郎は酔いが廻って、人の出入りなど気にも留めていない。

暫くして、若い衆の竜次《たつじ》が、「ではここらへんで、振新に何か踊ってもらいやしょう！」などと言い出した。

花里と花衣は微笑み合い、腰を上げる。芸者が爪弾《つまび》く音色に合わせ、二人は舞った。竜次と同じく若い衆の佐久弥《さくや》が、「花里が即興で唄いますわ！」と言うと、花里は踊りながら、透き通る声を響かせた。

——川の音が　穏やか　里に廻り来て　蝶《ちょう》も唄う　村の栗鼠《りす》と　甘い鈴音——

花里は、華舞を見つめている。華舞は、頷いた。

振袖新造たちの艶やかな踊りに目を細めつつ、半吾郎が呟《つぶや》いた。

「ほう。蝶とか栗鼠とか、可愛《かわい》らしいではないか」

「まことでござりんすなあ。あの娘《こ》たちが、蝶や栗鼠のようでありんす」

相槌《あいづち》を打ちながら、華舞はほっとしていた。花里の即興の唄に隠された、真の意味を、読み取ったからだ。お付きの者たちが阿吽《あうん》の呼吸で、華舞に伝えたといってもいい。

皆が華舞に何を伝えたかったのか、それは、「兼田屋《かねだや》十兵衛《じゅうべえ》が今日来られなくなり、訪《おとな》いが明日に延びた」、ということだ。

それで華舞は安心した。半吾郎と十兵衛が、かち合わなくて済むからだ。かち合ってしまえば、どちらかの客を優先し、どちらかの客を振らねばならなくなる。

十兵衛も今夜来ると言っていたので、華舞はそれで頭を悩ませていたのだが、日延べとなり、気持ちが楽になったという訳だ。

では、花里の唄のどこに、「十兵衛が今日来られなくなった」という意味が隠されていたのだろうか？　それを解く鍵が、〈挟み詞《ことば》〉、である。遊女は、知られたくないことや秘密のことを伝える時、よくその〈挟み詞〉を用いた。伝えたいことの間に適当に文字を挟み、ほかの文を作ってしまうのだ。

花里の唄を平仮名に開いてみると、こうなる。

「かわのねが　おだやか　さとにまわりきて　ちょうもうたう　むらのりすと　あまいすずね」

それを三文字毎に読んでみると……

「か○○ね○　○だ○○　さ○○ま○○き○　○ょ○○う○○　む○○り○○　あ○○す○○」

「かね　だ　さ　ま　き　ょ　う　む　り　あ　す」

となるのだ。

「兼田様　今日無理　明日」

華舞はこの挟み詞を、花里や花衣に徹底して教え込んでいた。それゆえ花里も花衣も、即興で、暗号にも似た文を作ることが出来る。

――私たちの唄に隠された意味に、大隅屋様はまったく気づいていらっしゃらないわ。

呑気な笑みを浮かべて……。なんだか、心が少しは痛むわね――

華舞は苦笑いしつつ、ふとあることを思いつき、「あっ」と声を上げそうになった。

花里も花衣も、涼し気な顔をして、即興で踊り続ける。風に舞う、二片の花びらのように。

大隅屋半吾郎と後朝の別れを迎えた後、華舞は部屋で、昨日貞奴に渡された懐紙を再び広げ、じっくりと眺めた。

昨夜《ゆうべ》の挟み詞のおかげで、貞奴が記した文も一種の挟み詞ではないかと、勘が働いたのだ。

――《秋過ぎて　鮭去りぬ　簞笥を開いて　今度仕舞うの　炒った豆》。この文を読み解くには、源氏香で貞奴さんが出した答え、〈夕顔〉が関わっているのではないかしら――

源氏香の〈夕顔〉というのは、五包の香りを聞き比べた時、「二番目の香と三番目の香が同じ香り」であることを、意味している。つまりは、一番目と四番目、五番目は、それぞれ独立した異なる香りということだ。

華舞は、懐紙と源氏香の図を交互に見ながら、思いついた。

――文をすべて平仮名にして、五文字ずつに区切り、二文字目と三文字目を取り出して、読み繋げてみれば、何かの意味が浮かび上がるかもしれないわ――

華舞は、早速試してみた。

まず、文を平仮名に開いて、五文字ずつに区切る。

「あきすぎて　さけさりぬ　たんすをひ　らいてこん　どしまうの　いったまめ」

それの、二文字目と三文字目を取り出す。

「〇きす〇〇　〇けさ〇〇　〇んす〇〇　〇いて〇〇　〇しま〇〇　〇った〇〇」

それを繋げて、読んでみる。

「き　す　け　さ　ん　す　い　て　し　ま　っ　た」

「喜助さん　好いてしまった……」

貞奴の不調は、どうやら板前の喜助に対する恋煩《わずら》いだったようだ。華舞は思い出した。いつぞや貞奴が、〈ゑびす〉の料理をやけに褒めていたことを。

――恋煩いゆえに、長唄の〈黒髪〉を爪弾きながら、途中で弾けなくなってしまったのかもしれないわ。あの唄は、恋の唄ですものね。……貞奴さん、胸に迫ってしまったのかも――

華舞は、貞奴が記した懐紙を、もう一度よく眺めた。

――貞奴さんは、この切なる想いをなかなか口に出せず、源氏香を纏《まと》った文に忍ばせたのでしょう――

貞奴の女心が分かるような気がして、華舞は顎《あご》に手を当てる。

――文に、鮭とか豆とか、食べ物の名が使われているのも、板前の喜助さんを想うあまりに無心でしたことかしら？　それならば、いっそう重い病ね――

華舞は苦笑した。

華舞は禿たちに文を持たせ、再び貞奴に届けさせた。貞奴は今度は手土産のかりんとうを持って、またも華舞のもとを訪れた。

香を焚き、かりんとうを摘《つま》みながら、華舞は貞奴の話を聞いた。

「〈ゑびす〉のお料理が好きで、いただくうちに、作っている板前さんに興味を持つようになりました。喜助さんはお仕事熱心で、素敵な方です。住んでいるところも、同じ揚屋町で、御近所なんですよ。擦れ違って、挨拶するぐらいの仲ですが、酷く気になってしまって」

揚屋町とは、江戸町一丁目と京町一丁目に挟まれているところだ。そこには遊女屋は無く、吉原で働く商人や職人、芸者などが住んでいる。それゆえ、吉原の中にありながら、揚屋町は、江戸市中の町家と変わらない風景なのだ。

その揚屋町で近くに暮らしながら、貞奴は、一つ年上の喜助と仲良くなりたくても、機会がないのだという。

「考えまいと思っても、顔を見る度、胸がこう、締めつけられるようで……。根っから真っすぐな板前さんなんですよね、あの方」

切なげに溜息をつく貞奴が、華舞には微笑ましい。

――婀娜《あだ》っぽい芸者さんといえども、貞奴さんって初々《ういうい》しいのね。女心を揺らして、可愛らしいわ――

華舞は意見した。

「もっと自分から近づいてみてもよいのではないかしら。明るく気さくに話し掛けてみる、とか」

すると貞奴はそっと目を伏せた。

「いえ……遠慮してしまうのです。私は、華舞さんのように、器量が良い訳ではありませんので」

「そんな……」

「いえ、重々分かっておりますので、お慰めのお言葉はお気遣いありませんよう」

貞奴は一礼し、かりんとうを摘んで、ぽりぽりと齧った。

吉原の芸者たちは、「私たちは身を売る遊女ではない」と矜恃《きょうじ》がありつつも、華である遊女たちには到底敵《かな》わないと思っている。事実、遊女になることを希《のぞ》んでいても、器量がイマイチだからと芸者にさせられる者が多かったからだ。貞奴も、どこか引け目を感じているのだろう。自信が持てずにいるようだ。

しかし華舞は、貞奴の話を聞きながら、こうも思った。

——喜助さんは喜助さんで、遠慮しているのではないかしら——

吉原の中では、女のほうが男より立場が上になるなど、よくある話だ。まだ若い板前の喜助なら、遊女はむろん、芸者たちだってじゅうぶんに眩《まぶ》しいであろう。

——喜助さん、私たちより一つ上ということは、二十三なのね。若く見えるわ、二十《はたち》ぐらいかと思っていたもの——

華舞が見るに、喜助はまだまだ初心《うぶ》であった。

兎《と》にも角《かく》にも、貞奴の胸の内を知って、華舞はひとまず安心した。貞奴も切ない胸の内を華舞に明かし、幾分、気持ちが楽になり、落ち着いたようであった。

貞奴が帰ると、夜見世までまだ間があったので、華舞は花里と花衣を連れて、うどん屋〈若菜庵〉へと向かった。さくらとあやめは、揚屋町のお師匠のところへ書を習いに行っていて、まだ帰っていなかった。

仲《なか》の町《まち》を歩いていると、見回り中の岡っ引きの徳茂《とくしげ》と会ったので、華舞は「こんにちは」と、にこやかに挨拶《あいさつ》をした。

華舞に気さくに声を掛けられ、徳茂は胸が高鳴った。花魁姿でなくても、華舞には楚々《そそ》とした美しさが漂っている。昼見世には出なかったのだろう、華舞は化粧をしておらず、まだあどけなさが残っている素顔が眩しくて、徳茂は目を細めた。

「どちらかへお出掛けですかい？」

「ええ、ちょっと〈若菜庵〉へ」

すると花里と花衣が、声を弾ませた。

「姐さま、私たちによく御馳走してくださるんです」

「華舞姐さまのおつきになれて運が良かったねって、いつも話しているの。誰かさんみたいに怒ってばかりの姐さまについたりしたら、毎日怖くて仕方ないもの」

「そうよねえ」

「これ、余計なことを話すんじゃないの！」

華舞はぴしゃりと言った。

出て来る時、二番手の花魁の寒椿《かんつばき》がおつきの新造を怒鳴っている声が廊下まで響いていたので、二人はそのことを揶揄《やゆ》しているのだろう。しかし華舞は、人を悪く言うのは好きではなかった。

「ごめんなさい」

華舞に叱られ、花里と花衣はしゅんとなる。だが、徳茂はくっくっと笑い声を漏らした。

「どうしました？」

華舞が怪訝《けげん》そうに訊ねる。

「いえ……。そうした素朴《そぼく》な格好をなさっていると、お職といえどもごく普通の娘さんだなあ、なんて思っていたんですが、怒ったりするとやはりなかなか凄味があるなあと」

「まあ！　私、怒ってなんかいません」

笑いが止まらない徳茂に、華舞は頬を膨《ふく》らませる。花里と花衣も徳茂につられ、「そうなんです。なかなか怖いんです」と、笑い始める。華舞は三人を軽く睨《にら》み、唇を尖《とが》らせた。

その翌日、引手茶屋へと花魁道中をする途中で、華舞が危ない目に遭った。見物人の誰かが、華舞に向かって石を投げたのだ。

「きゃあっ」

徳茂が咄嗟《とっさ》に盾《たて》となって庇《かば》ったので、大事には至らなかったが、石は二つ三つと飛んできて、華舞は白く華奢《きゃしゃ》な手にかすり傷を負った。

騒然となる中、徳茂はよろける華舞を抱き止め、佐久弥に後を頼むと、凄まじい勢いで男を追い掛けていった。

大門を出る既《すん》でのところで追いつき、徳茂と男が乱闘になる。門番所から、与力や同心たちも出てきた。

目の下に傷を負い血を流しながらも、徳茂は男に馬乗りになって、殴り飛ばした。

「どうしてお職を狙った！　吐け！」

男は観念したのか、情けない声を出した。

「す、すまねえ！　でも俺が好きでしたんじゃねえ。頭巾を被った怪しい男に金子を渡され、『これで、華舞って花魁を狙ってほしい。石をぶつけろ』って頼まれて、やったんだ。その男のことは、何も知らねえ。本当だ、信じてくれえ！」

男は顔を血まみれにして、泣き叫ぶ。

「本当か？　本当だな！」

男の首根っこを摑《つか》んで、ぶんぶん揺さぶる徳茂を、旗山が「もういいだろう」と止めた。徳茂は下手人から離れたが、肩で息をして、怒り冷めやらぬといったようだ。

華舞が立ち竦《すく》んでいると、後ろから楼主の甚六《じんろく》の声が聞こえた。

「お職、大丈夫か？」

騒ぎが広まり、妓楼から女房の陸《りく》と一緒に駆けつけたようだ。華舞は二人に、頭を下げた。

「ご迷惑お掛けしたでござりんす。もう大丈夫でありんす」

そして、お職の顔に戻り、華舞は気丈《きじょう》にも花魁道中を続け、引手茶屋へと上がった。

「まあまあ、たいへんでしたね」

茶屋の女将《おかみ》は、華舞を自分たちの部屋に通し、そこで傷の手当てをした。

「申し訳ござりんせん」

恐縮する華舞に、女将は微笑んだ。

「お職は気をお遣いになり過ぎですよ。疲れてしまいますでしょう。もっと我儘《わがまま》仰って、よろしいと思います。危ない目に遭ったのですもの、お座敷で少し寝ていらっしゃれば？　武井《たけい》様なら、お許しくださいますよ」

女将は華舞の手に薬を塗り、木綿で優しく包んだ。華舞は丁寧に礼を述べ、女将に連れられて二階へ行った。供の者たちは、先に座敷に上がり、武井と一緒に華舞を待っていた。

「本当に良かった、大事にならなくて」

皆、口々に言い、華舞を励ます。華舞は見回し、――あら？――と思った。貞奴と、孫市の姿が無かったからだ。

――武井様は大隅屋様と違って、貞奴さんと孫市さんを、いつもお座敷にお呼びになるのに――

すると、武井が華舞にこっそり耳打ちした。

「貞奴、よく間違えるようになっていただろう。少し休んだほうがよいと思って、今日は呼ばなかったんだ」

「そうでありんすか……」

三味線もないので、いつものようには盛り上がらなかったが、和《なご》やかに宴は進んだ。

暫くすると、女将が料理を運んできた。

「こちら、お職へ、〈ゑびす〉の喜助さんからです。『是非、召し上がってください』とのことですよ」

「まあ」

皿を眺め、華舞は顔をほころばせた。それは、紅梅餅《こうばいもち》であった。華舞が甘味を好むということを喜助は知っており、騒ぎを聞いて、励ます意味で作ってくれたのだろう。

紅梅餅とは、うるち粉を砂糖蜜でこね、縁を紅く色取って、紅梅の花の形に作った餅菓子だ。見た目も美しく、香りも良い紅梅餅に、華舞は心を癒《いや》される。

いつもは宴では決して食べない華舞も、紅梅餅の魅力には抗《あらが》えず、楊枝《ようじ》で切って、口に運ぶ。甘過ぎない上品な味わい、蕩《とろ》けるようでいて歯応《はごた》えもある食感に、華舞は目を細めた。

「まことに美味でありんすなあ」

華舞は、麗しい菓子をゆっくりと味わう。

――なんて丁寧に作ってあるのかしら。甘さも、歯応えも、まさに絶妙な加減だわ。このようなものをお作りになるなんて、喜助さんはとても心が濃《こま》やかな方なのね――

心が濃やかなのは、貞奴も同じだろう。心の乱れが、忽《たちま》ち三味線の音色にも表れてしまうのだから。

――結構、似ているのではないかしら、あのお二人は――

華舞は紅梅餅を食べ終え、ほぅと満足げな息をつき、お茶を啜《すす》った。華舞の顔に自然と笑みが浮かび、それを見て、武井を始め供の者たちも皆、ほっとしたようだった。

華舞は女将に、喜助への礼を丁寧に述べ、こう言った。

「今度、是非作っていただきたいものがござりんすので、改めて、文を遣わせるでありんす」

四

華舞は、貞奴の居る置屋《おきや》まで出向き、「突然お伺いして、申し訳ございません」と謝りつつ、喜助に文を届けてもらうよう頼んだ。

「え……私が届けるのですか」。躊躇《ためら》いの色を見せる貞奴に、華舞はにっこりと微笑む。

貞奴は小さな声で呟いた。「なぜ、私なのでしょう……」

華舞は聞こえないふりをした。

「これに、作ってほしい料理の名を書いてあります。これは喜助さんに宛てた文でありますから、貞奴さんは決して覗かないでくださいね」

「……はい」

貞奴は文を手に、少しの間考えていたが、「かしこまりました」と承知した。

約束どおり、貞奴は喜助に文を届けに行った。妓楼はどこも休み刻なので、台屋もこの刻は忙しくなく、喜助を呼び出すことが出来た。

台屋の近くの木陰で、貞奴は胸をときめかせながら、喜助に文を渡した。それを広げ、喜助は首を傾げた。

「どこに作ってほしい料理の名が書いてあるのだろう」

華舞がしたためた短い文は、こう書かれてあった。

《お定め　盛んへ　世荒ぶ　但馬《たじま》》

喜助は思う。

――どういう意味だろう？　但馬国（兵庫）が荒ぶるようになって、お定めが盛んになってきたということだろうか？　華舞さんは上方の出と聞いたから、上方の世情に詳しいのだろうか――

貞奴も文を見たかったが、華舞に「決して覗かないで」と言われたこともあり、躊躇った。喜助はこうも言った。

「文の最後に、《香・朝顔》と記されているが、これは何を意味するのだろう」

貞奴はぴんときて、自分が華舞に試した〝源氏香読み〟を、喜助に説明した。

「それは源氏香の〈朝顔〉ということだから、書かれてある文をすべて平仮名に開いて、五文字ずつ区切り、二文字目と三文字目、五文字目を読めばよろしいんですよ」

源氏香の〈朝顔〉は、二番目と三番目、五番目が同じ香りで、一番目と四番目がそれぞれ独立した異なる香りということなので、その説明で合っている。貞奴の話を聞き、喜助は感心した。

「ああ、なるほど。凄いな、物識《ものし》りですね」

「そんな……」

貞奴の頰がほんのり染まる。喜助とこんなに近づいて話すのは初めてで、貞奴は胸の鼓動《こどう》に気づかれてしまうのではないかと、心配だった。

喜助は、貞奴に教えられたように、文を読み解いた。

華舞の文、《お定め　盛んへ　世荒ぶ　但馬》は、まず、平仮名に開くと、こうなる。

《おさだめさかんへよあらぶたじま》

それを五文字ずつ区切ると、

《おさだめさ　かんへよあ　らぶたじま》

そして、二文字目と三文字目と五文字目を拾う。

《○さだ○さ　○んへ○あ　○ぶた○ま》

それを読むと、

《さ　だ　さ　ん　へ　あ　ぶ　た　ま》

めていたのだった。

《貞さんへ　あぶたま》

華舞の文には、「貞奴さんへ、あぶたまを作ってあげてください」という意味が、籠められていたのだった。

内容が分かると、今度は喜助が頬を仄かに赤らめた。

貞奴は——どうしたのかしら——と思ったが、喜助は、こう告げるだけであった。

「『かしこまりました』と、華舞さんにお伝えください」

「はい、必ずお伝えいたします」

青葉の下で、二人は頷き合った。

華舞の文のおかげで、貞奴が喜助に源氏香を教え、「素敵な趣味ですね」と感心されるなど、二人の仲がぐっと近づいたのは確かであった。


翌日、華舞は再び貞奴を呼び出した。

休み刻に貞奴を待っている間、華舞は廊下で外八文字の歩き方のおさらいをしていた。

何度も花魁道中を経験していても、華舞は未だに稽古を怠らない。

元々は京の島原遊郭《しまばらゆうかく》で太夫《たゆう》たちが内八文字という歩き方をしていて、吉原もそれに倣《い》ったのだが、勝山《かつやま》という高名な遊女が外八文字の歩き方を始め、吉原ではそれが定着した。いったん内側に向けた爪先を外側に開いて進んでいくのだが、三枚歯の高下駄で如何《か》に優雅に軽やかに歩くか、華舞は常に追求しているのだ。

――花びらが舞うように、淑《しと》やかに、しなやかに歩きたい――

そのような思いが、華舞を掻き立てる。背筋を伸ばし、脚を巧みに動かす華舞に、さくらとあやめは見惚れていた。

貞奴が訪れ、二人が部屋に入ると、さくらとあやめは高めのこっぽり（ぽっくり）を持ってきて、廊下でこっそりと花魁道中の真似事《まねごと》を始めた。

「私たちも今から稽古しておけば、いつか華舞姐さまのような立派な花魁になれるかもしれないわ」

二人は微笑み、頷き合う。

さくらもあやめも、気取った顔で、おぼつかない足取りで外八文字を真似る。花魁になったつもりで、うっとりしつつ……。しかし、あやめは、うっかり倒《こ》けてしまった。

「きゃー」

転がるあやめを、大きな手が抱き起こした。

「大丈夫かい？　気をつけなさいよ」

男はにっこり笑って、あやめの頭を撫《な》で、琴音の部屋へ入っていった。手は大きいが、小柄である。琴音の客で、昨夜から居続けている、乾物問屋《かんぶつどんや》の若旦那だった。

「あやめどん、怪我はない？」

さくらが駆け寄る。あやめは「平気」と答え、訳知り顔で言った。

「ほんと、一人前の花魁になるのも、楽じゃないわね」

廊下に、さくらの笑い声が響いた。


華舞と貞奴は、部屋の中で香を炷いて過ごした。

「喜助さんに文を届けてくださって、ありがとうございました」

「いえ……。華舞さんのおかげで、お話しすることも出来て、よかったです。御礼を言わなければいけないのは、私のほうです」

貞奴の顔から憂《うれ》いが消え、明るく柔らかになっているのを見て、華舞は嬉しかった。

すると、障子越しに、佐久弥の声が聞こえた。

「失礼します。〈ゑびす〉から喜助さんが、お職が御注文された料理をお届けにいらはりました」

貞奴がびくっとしたように、身を強張《こわば》らせる。喜助の名を聞き、緊張が走ったのだろう。華舞は透き通る声で、返事をした。

「中へ入っていただいて」

「かしこまりました。……どうぞ」

喜助が料理を持って、入ってきた。貞奴と目が合うと、二人とも照れくさそうに微笑んだ。

料理は、もちろん、〝あぶたま〟である。

鰹出汁を張った小鍋に味醂《みりん》と醬油《しょうゆ》を入れ、ひと煮立ちさせる。

そこに、短冊切りにして湯通しした油揚げを入れる。

それに、溶《と》き卵を流し入れ、刻み三つ葉を散らして、出来上がり。

これを男女で突《つつ》き合うのが通《つう》とされ、ちょっと危なげな、なんとも艶やかな料理である。

あぶたまを挟み、貞奴と喜助を向かい合って座らせ、華舞は香を炷いた。

香木は、沈香《じんこう》。甘くもあり、酸っぱさもあり、苦みも、みずみずしさをも感じさせる、深みのある香りだ。香りが、移り変わっていくのである。

「良い香りですね」

喜助は吸い込み、うっとりとする。華舞は言った。

「男女の仲も、まことに、この香りの如きですね。酸いも甘いも、苦みもありますが、馨《かぐわ》しいものです。みずみずしく始まり、香りを変え、再びみずみずしくなり、やがて穏やかな残り香になる。恋って、やはり、爽やかなものでありますね」

貞奴と喜助は、見つめ合う。もじもじとしている二人を眺め、華舞は微笑んだ。

華舞が、喜助に宛てた文を読み解く鍵を、源氏香の〈朝顔〉としたのには、訳があった。

『源氏物語』に登場する朝顔の君は、物語の中でも珍しく、光源氏《ひかるげんじ》に求愛されながらも、男女の関係に至らずに、心を通じ合わせた姫君である。

男女の仲はおろか、よく知り合ってもいない貞奴と喜助の二人には、まずは朝顔の巻のような、こんな物語から始めてみては……という華舞の思いが籠められていたのだ。

華舞は二人に匙《さじ》を渡し、勧めた。

「まあ、お二人は、男女の仲にもなっていらっしゃいません。まずはお互いを知ることから始めてみては、よろしいのではありませんか？」

喜助が作ってすぐに持ってきてくれたので、あぶたまはまだ湯気が立っている。

沈香の残り香《が》はすぐに落ち着いていくので、料理を楽しむ妨げにはならなかった。

華舞は、頬を染めている二人を残し、そっと部屋を出た。

貞奴は恥ずかしそうに、あぶたまを突く。喜助も恥ずかしそうに、華舞の文に何が書いてあったかを告げた。

二人とも、互いに気にはなっていたが、きっかけがなくて仲を深めることが出来なかったのだ。

ふわふわの卵が、二人の心を包むように、繋げていく。

「これから、どうぞよろしく」と、二人は頭を下げ合った。

華舞が手持無沙汰《てもちぶさた》に廊下をうろうろとしていると、さくらとあやめが、泣きながら駆けてきた。

「どうしたの？」

華舞は二人を抱き締める。

禿たちは、香炉を見つけたのだ。松田稲荷の裏で。しかし、香炉は、無残にも割れていたのだった。


次々に起こる不審な出来事を、華舞は徳茂に相談することにした。さすがに、自分の胸の内に仕舞っていることが、辛くなってきたのだ。

妓楼の中で話すと、声が漏れて誰かに聞かれる恐れがあるので、徳茂とは外の稲荷で会った。それも、妓楼から最も離れた、明石稲荷で。

華舞は、起きたことを、気に掛かっていたことを、洗いざらい、打ち明けた。香炉が盗まれ、割られていたこと。着物が切り裂かれていたこと。大隅屋半吾郎という客が、頭巾を被った男に嫌がらせを言われたこと。泰蔵が矢で狙われたこと、自分が石を投げられたこと、それらはすべて、同じ人物が誰かを雇うなどして謀《たばか》っていることなのだろうか。ならば、その人物とは、いったい誰なのか。

華舞は懸念していたことをすべて、喋った。

徳茂は、華舞の話を黙って聞き、大きな溜息をついた。

「どうして、今まで黙っていらしたんですか。もっと早く話してくだされば、よかったものを。着物まで切り裂かれていたなんて……。一人で悩まれて、苦しかったでしょうに」

「ごめんなさい……。私、莫迦《ばか》なんですよ。人を疑いたくないのです、それも自分の傍《そば》にいる人たちを。でも、起きた出来事を考えれば、どうしても、妓楼の中の人を疑うことになってしまう。それが嫌で、もやもやした思いを抱きつつ、それらのことから目を背けていたのです。でも……もう堪《た》えられません」

華舞の口から、弱音が吐かれ、徳茂は目を瞬《しばたた》かせた。

「もう一人でお悩みにならないで。これからは何かおかしなことがあったり、少しでも不審に思う人がいたら、すぐにあっしに知らせてください。貴女《あなた》に嫌がらせをする奴を、放っておく訳にはいきません。絶対に捕まえてみせますから」

「ありがとうございます。お言葉に甘えて、頼りにさせていただきます」

華舞は素直に、徳茂に頭を下げた。徳茂は笑みを浮かべ、「任せておくんなさい」と、力強く言った。

稲荷には、躑躅《つつじ》が咲き乱れている。その鮮やかな花びらに触れながら、華舞は溜息をついた。

「でも私、人の恨みを買うようなことをした覚えは、無いのです。身に覚えがないぶん、余計に怖くて。いったい、どうして、って」

徳茂は少しの沈黙の後、答えた。

「華舞さん、貴女は人が好《よ》過ぎますぜ。はっきり言いましょう。貴女が何もしていなくても、貴女を嫌っている者、憎んでいる者は、多いと思います」

華舞は目を見開く。徳茂は「お気を悪くされたら申し訳ありません」と謝り、続けた。

「どうしてかと言えば、貴女は妬《ねた》まれる人だからです。貴女のように、花魁道中が出来るのは、妓楼でも一人だけでしょう？　華やかな貴女を羨《うらや》ましいと思っている人は、沢山いるに違いありません。その羨ましいという気持ちが、いつしか妬みになり、蹴落《けお》としてやりたいという悪意になるということも考えられます」

「そんな……私は小さい頃から鈍臭《どんくさ》くて、だからお稽古なども人一倍しなくてはならなくて、必死で頑張ってやってきて、周りの人やお客様たちに恵まれて、ここまでこられたのです。決して優れた者などでは、ありません。それに、私たちのお仕事って、傍《はた》で御覧になるより、ずっとずっと、たいへんなんですよ。だから私だけでなく、皆、毎日精一杯やっているから、人を羨む暇《ひま》なんてないと思うんです」

徳茂は、懸命に話す華舞をじっと見つめ、強い口調で返した。

「それでも、貴女を羨ましがっている人は、多いと思います。貴女はとても魅力がありますから。そのように、真摯《しんし》なところも」

二人は躑躅を眺めながら、ぎこちなく目を見交わす。徳茂の傍で、華舞は心が温もってゆくのを感じていた。

しづめる花

志川節子

志川節子（しがわ・せつこ）

一九七一年島根県生まれ。二〇〇三年に「七転び」でオール讀物新人賞を受賞。著書に『手のひら、ひらひら』『春はそこまで』『ご縁の糸』『花鳥茶屋せせらぎ』『煌』『日照雨』『かんばん娘』『博覧男爵』がある。

一

長屋の腰高障子を引くと、母の鼾《いびき》が闇の底をかすかに震わせていた。四月あたまの夜気は生ぬるくよどんでいる。

紀六《きろく》は藁草履《わらぞうり》を脱いで框《かまち》に上がり、真っ暗な中を手さぐりでいざった。壁ぎわにある行燈《あんどん》を探りあてて灯をともす。鈍いあかりが筵《むしろ》敷きの板の間を照らしだすと、それまで行燈に止まっていた蝿が、土間のほうへ去っていった。

「おっ母ぁ、いま帰《けえ》ったぜ」

廻し立てられた枕屏風を覗き込む。

長屋は、新鳥越の道林寺と廣徳寺に挟まれた小路を入ったところにある。稼ぎ場にしている吉原遊廓《ゆうかく》は、目と鼻の先だ。いつものように午《ひる》から細見《さいけん》を売りに立ち、夜五ツ半をまわったところで切り上げてきたのだった。

母の瞼が大儀そうに開いた。紀六が顔を近づけると、どんよりと濁った眼は僅かに上下して、ふたたび物憂げに閉じられた。卒中で倒れておよそ三年、ほとんど寝たきりになっている。陽があるうちは、近場へ嫁いだ二人の姉が立ち替わりで通ってきてくれる。

紀六は行燈の脇に置かれている膳の前へ腰を下ろした。姉のどちらかが、ととのえていったものだ。干物を火にあてなおすのもおっくうで、櫃《ひつ》の飯をのろのろと茶碗によそう。

三年前、二十二だった頃までは、炊きたての飯のかぐわしさに満たされていた日々がたしかにあったのだ。それを思うと、あたたかさといまいましさとが一対になって立ち昇ってくる。

かつては瓦版の読売りで活計《たつき》を得ていた。伸びやかで張りのある己れの声を生かすには、声自慢の男どもが流し歩くこの商売よりないと思い立ち、十六で辻の瓦版売りに掛け合って版元に引き合わせてもらったのだ。

瓦版売りは、売り声の調子ひとつが売れ行きの善し悪しに関わってくる。道行く人を立ち止まらせる響きの力強さ、思わず財布の紐を弛《ゆる》めさせる節回し。そうした声を自在に操れるよう、紀六は長屋に帰ってからも口上の稽古に励んだ。

「何だい、頓狂な声をあげたり、猫なで声になったり。役者や声色《こわいろ》師じゃあるまいし、よしておくれ」

「見てきたようなこと云ってるけど、どうせでたらめなんだろ」

母や姉は眉をしかめる。

瓦版に取り上げられるネタは、身のまわりのちょっとした話から盗みや火事の顚末《てんまつ》に至るまでさまざまにわたっていた。いずれも、紙面を書き起こす連中が拾ってきた選りすぐりだ。

とはいえ、夜な夜な盗人が店を襲ったり、火の手が上がったりするものではない。十に一、二は、苦しまぎれに言葉をつらねることだってある。

たとえばこんな具合だ。

さる旗本家の次男坊が、悪い仲間とともに押し込みを繰り返していた。役こそ付かないものの高禄の家柄で、その子息がよもや盗人であろうとは、世間の人々は思ってもみない。

あるとき御家人何某《なにがし》の屋敷で盗みを働いたところ、盗んだ品の中に女物の頭巾があった。これを巾着に仕立て直し、ねんごろにしている岡場所の妓《おんな》にくれてやろうと思いついた次男坊は、さっそく旗本家に出入りの呉服屋を呼び出した。

呉服屋は首をひねった。樺茶《かばちゃ》地に総鹿の子で菱繋《ひしつなぎ》文様を施したその頭巾は、先月、御家人方に納めたばかりの品ではないか。

ともあれ頭巾を預かって帰り御家人方に見せてみると、盗まれたものに間違いないということになり、そこから足がついてしまった。

版元はどこぞに転がっていそうな話をでっち上げたまでのことだ。ところが、己れの悪事が同じように明るみに出るのではと狼狽《うろた》えた盗人がいたのである。そいつは頭巾の仕立て直しではなく数珠の房を替えようとしていたのだが、瓦版を読み、慌てて数珠屋へ取り返しにいった。その折の振舞いがひどく取り乱していて不審を持たれ、御用となったのだった。

これこそ瓦版の手柄ではないか。紀六は読み歩いた自分が誇らしかった。

父は桶職人であったが、跡を継ごうという気は毛筋ほどもなかった。それでいて、継がなかった後ろめたさも、少なからずあった。紀六は常に、家のどこにもしっくりと納まる場所がないような、居心地の悪さにつきまとわれていた。

瓦版を読み上げる自分を遠くから眺めている娘がいることに気づいたのは、いつ頃からだったろうか。ある日、いつものように雷門前を流していると、藁草履の鼻緒が切れてしまった。しゃがんで舌打ちをした紀六が顔を上げたときには、目の前に手拭いが差し出されていた。

「あいすまねえ」

礼を云うと、息をはずませた娘の顔にほがらかな笑みが咲いた。口許にできたえくぼが、なんとも活き活きとしていた。

持ち場に向かう前のほんのひととき、浅草寺に程近い寺の境内で娘と会うのが楽しみになった。娘は浅草寺門前の印判師の娘でお久《ひさ》といい、紀六よりも二つ年下だった。境内に植えられている欅《けやき》の下で待ち合わせをする。二人が話すのはたいてい、紀六が手に持っている瓦版のことだった。お久は家で親の仕事を手伝うので、字を読むのに苦労はない。

「取っ掛かりだけ景気よく喋って、あとは声を萎《しぼ》ませていくのはどう。肝心なところはすっ飛ばすの。先を知りたくて、誰もが手を伸ばしてくる。紀六さんの声はめりはりがきいてて通りもいいから、きっとたくさん売れるはずよ」

「そう云ってくれると、張り合いがあるな」

「瓦版って、江戸の内でも行ったことのない町の出来事まで、この眼で見ているみたいでわくわくするわ。先《せん》には盗人を捕まえる手助けになったんですってね。立派な仕事だわ」

欅の枝葉をこぼれてくる光がそそいで、お久の浅黒い肌はつややかに輝いていた。

この女は俺と同じ方向を向いている。この世を渡っていくのにこれほど心強い相棒はねえと、紀六は心から思うようになった。

父が流行《はや》り病であっけなく歿《な》くなり、四十九日の忌明けを待って、二人は所帯を持った。前から縁談のあった姉たちも嫁いでゆき、一家が暮らしていた橋場町の長屋ではだだっ広く感じられるようになった。そうしたわけで、紀六夫婦は母とともに、ここ新鳥越に引き移ってきたのである。

所帯を持ってからも、お久は瓦版に目を通し、いかにしたら買い手がつくかと知恵を絞ってくれた。辻に立つのは一人であっても、紀六はお久とともに売り歩いている気がした。

翌年には、おみよが生まれた。

おみよは行水の好きな子どもだった。家のことに忙しいお久や母に代わり、行水させるのは紀六の役回りだ。冷えた水は身体に毒だから、朝、出がけに井戸の水を盥《たらい》に汲みあげておく。昼前の割り当てを早々に売り切ると、夏の陽射しのもとを家まで駆けて帰ったものだ。

盥の水には、まんまるのお天道様が映っていた。きらきらと揺れるお天道様のまん真ん中に、紀六はおみよを入れてやる。おみよがもみじのような手で水面をたたくと、お天道様は幾つもの粒となって弾けとぶ。粒の一つひとつにも光は宿り、まぶしく跳ねる。光は、そのまま暮らしのいたるところにちりばめられているようだった。そのまぶしさに包まれていると、自分はここにいてもいいのだという、安らいだ心持ちになれた。

部屋がふいに明るくなった気がして、紀六は行燈に眼をやった。しかし、あかりは膳の上にぼんやりとした光を投げているきりである。

いつの頃からか、お久は瓦版を手にしなくなった。紀六はお久の後押しがなくとも、売り方のこつを摑んできていた。仲間内でその日いちばんの売上げを叩きだすときもある。そうなると仕事はますます面白く、どこにいても頭は瓦版のことでいっぱいになった。

おまいさん、ちゃんと聞いてるのかい、と問われて顔を上げると、しかめっ面のお久と眼が合うということが、一度ならずあった。云い返すと無駄に時を費やすばかりだから、あいまいに肯《うなず》いてやり過ごす。すると、お久は決まって二、三日は口をきかなくなる。

あの日も、今日はどんな瓦版をいかにして売り込むか、朝餉《あさげ》のあとで策を練っていた。明け方からの雨が降り続いており、家の中は日暮れどきのように薄暗かった。

雨の日は一枚ものの見立番付がよく捌《さば》ける。おおかた文字で埋まっているのだが、手持ち無沙汰にしている出職の連中には、恰好の慰み物になる。

長者番付に芝居の顔見世番付、鰻屋の番付ってのもいいな。紀六は畳に幾枚かを並べ、売り口上を思案していた。その周りを、三つになったおみよがばたばたと走り回っている。普段ならいさめてくれるはずの母は、下の子が生まれたばかりの姉の家を手伝いにいって留守だった。

紀六が叱ろうとした矢先である。おみよは瓦版に足をとられて転び、すべる紙に乗ったまま部屋の端へと運ばれていった。表題ごとに仕分けてあった瓦版の束が崩れ、そこらじゅうに散乱する。おみよの下敷きになったものは、皺《しわ》くちゃになっていた。

「こいつ、何しやがる。売り物だぞ」

とっさに紀六は怒鳴っていた。咽喉の奥をひきつらせるような音を出し、おみよがけたたましく泣きはじめる。お久が台所から飛んできて、茶簞笥の前にうずくまったおみよに覆い被さった。

「よしよし、痛かったろう？　まあ、大きな瘤《こぶ》じゃないか。おみよを転ばせちまうようなものを並べておく、お父っちゃんがいけないのにね」

紀六はおみよをなだめようと屈《かが》みかけたが、お久の言葉を耳にした途端、身体がかっと熱くなった。

「おめえも母親ならちゃんと見てろよ」

「おみよはおまいさんに構ってほしいんだよ。近ごろのお父っちゃんときたら、ちっとも遊んでくれないんだから。ねえ？」

お久は紀六には眼もくれず、おみよの額をしきりにさすっている。

「ふん。遊んでたら商いにならねえや」

ぼそりと吐き捨てると、お久が手を止めて顔を上げた。

「商い、商いって、おまいさんはいつだってそうだ。いったい読売りてえのは、瘤こしらえて泣いてる子どもを放ってでもやらなきゃならない仕事なのかね」

「何だと」

拳を握りしめる。

屋根板を打つ雨音が高くなった。

お久が居ずまいを正し、胸にしっかりとおみよを抱き直した。

「先に、三つ子が生まれたてえ話があっただろ」

「ああ、駒形町のな」

母親は産み月までとくだん大きな腹をしていたわけでもないのに、一人が産声を上げるはしから二人、三人と頭が出てきて、産婆も驚いたという。赤子三人の名に似顔の添えられた瓦版は、たいそうな売れ行きになった。

だが、常より小さく生まれついた赤子の肥立ちははかばかしくなく、わずか十日で一人があの世へ旅立ってしまった。そのことを取り上げた瓦版は、生まれたときのものよりさらに売れた。

半月ほどのうちに、一つところから立て続けに旨味を吸い上げた版元は、紀六たちにも手当てを弾んでくれたのだった。

「あの母親という人とあたしの実家は同じ町内で、子ども時分はよく遊んだものだよ。ひとことお悔やみが云いたくて、こないだ訪ねてみたんだ」

「…………」

「そしたら、赤子が生まれたときも死んだときも、知り合いでも何でもない人たちが瓦版で見たといって押しかけてきて、すっかり参ってるっていうんだよ。そっとしておいてほしかった、って……」

お久は溜息をついて、おみよの頭を撫でる。

「おめえ、何が云いたいんだ」

「……」

「死んだ赤子のことは、そりゃ気の毒だとは思うが、こっちだって家族を抱えてんだ。おめえ、おみよがおまんま食い上げになってもいいってのか」

低く云い放つ紀六を、お久はきつく口を結び、青白く光る眼でじっと見つめている。

雨音が絶え間なく続いていた。部屋がいちだんと暗くなる。

お久の眼にある光が、すうっと閉じていった。

何かが嚙み合わなくなっている。そう思うのに、どうしたら元に戻れるのか、紀六には見当がつかなかった。

お久はおみよを連れて家を出ていった。豆腐を買い忘れたと駆けていったのが遅くなっても帰らず、紀六や母が表の戸を開け閉《た》てしているところへ、隣の女房が、もしかしたらと告げにきた。これまで時折、肩を落としたふうのお久が井戸端で洗い物をしているのを見かけたことがある。そんなとき、同じ長屋に住む建具職の男が、やけに親身になって話を聞いてやっていたと。

その男も、お久と同時に姿を消していた。

何が起きたのか、すぐには呑み込めなかった。怒りが湧いてきたのは、少ししてからだ。自分だけが何も知らずにいたのだと思うと、悔しくてならなかった。悔しさは、やがて空しさを連れてきた。

お久が出奔を決心した胸のうちには、幾つもの因《わけ》が落ち葉のように降り積もっていただろう。けれど煎じ詰めてみれば、それぞれの葉がついていた大本《おおもと》は、ただ一幹《ひとみき》なのである。

――俺なんざ要らねえ、てえことだ。

こいつだけは味方でいてくれると信じていた相手に見限られるのが、これほどこたえるとは。気持ちから、射掛けられた矢を撥ね返そうとする力が失せていった。

瓦版を読み上げようにも、声に踏ん張りがきかない。あれほど愉しかった仕事なのに、何のためにやっているのかわからなくなった。

明け方の厠《かわや》で母がひっくり返ったのは、お久たちが姿を消してひと月のちのことだった。母は母なりに、気苦労を背負い込んでいたのかもしれない。

紀六は眠っている母のほうへと眼をやった。行燈のあかりは、母の身体がこしらえている小山の半分だけを弱々しく浮かび上がらせている。さっきの蝿が蒲団に止まり、黒いしみを作っていた。あかりがゆらめくたび、それは広がったり縮んだりする。ほどなく、蠅はかすかな羽音をさせて飛び去っていった。小さな黒い点を呑み込んだ闇はいっそう濃密さを増し、ひっそりと静まり返った。

二

あくる朝四ツ、紀六は吉原京町《きょうまち》二丁目にある妓楼「玉来屋《たまきや》」を訪れた。一階の楼主の居室に通されて待っていると、じきに主人《あるじ》の治右衛門《じえもん》が煙草盆を提げて入ってきた。

「先だって仕込んでいただいた糸菊《いとぎく》でございますが、おかげさまでなかなかの評判をとっておりましてね。さすがは上ゲ屋《あや》紀六。たいしたものよと、感服しているところでございます」

床の間を背にした治右衛門は、おもむろに辞儀をした。五十過ぎの頭はすっかり白く、丸顔に細い眼が眠たそうだ。柿渋色をした唐桟《とうざん》の着物に揃いの羽織を着けた姿は、堅気の商いを営む主人のようでもあった。

「いや親方、あれは糸菊さんの筋がよかったんでさ。あっしの技倆《ぎりょう》なんかじゃござんせん」

紀六は細見売りのほかに、「上ゲ屋」というもう一つの貌《かお》を持っている。吉原に売られてきた娘に男を教え、ひとかたの遊女に仕立て上げる、裏の稼業である。

見習いの新造《しんぞ》が初めて女郎となるとき、すなわち披露目の式を迎える晩の相手は、楼主が妓楼の贔屓客から適当な男を見繕うのが、およそ相場とされている。新造たちは、日ごろ姉女郎の閨房《ねや》に控えており、そこで身につけた心得でもって初見世を切り抜ける。だが、閨房をいっぺん踏んだきりの娘がそれで稼げるようになるほど、花魁《おいらん》渡世は易くはなかった。姉女郎からすると、妹同然の見習いたちとはいえ、いつ自分の地位を脅かす妓《おんな》になるかもしれないのだ。閨房における奥の手などは、どんなことがあろうと授けようとはしない。

そこで、客あしらいのツボを知り尽くした男による仕込みが入用になる。妓夫《ぎゆう》や風呂番などの男衆《おとこし》が手近なのだが、廓《くるわ》には、たとい楼主であっても抱えの妓に手を出してはならぬという掟《きまり》がある。

「あたしがお前さんに妓を任せるのは、なにも掟に縛られてのことばかりじゃございません。お前さんに仕込まれた妓が旦那方に何と呼ばれているか、ご存知ですかな。冥府《めいふ》観音、つまり男を冥府に落とすほど快《よ》くさせる観音様だと、こういうわけです」

治右衛門はにたりと笑うと、ゆったりとした手つきで煙管《きせる》に莨《きざみ》を詰めた。

「お前さんは、このところめっきり腕をあげなすった。この商いがよくよく性に合っていたとみえますな。どれくらい経ちますか、吉次《きちじ》さんにお前さんを引き合わせられたのは……」

治右衛門が薄い唇から煙を吐き出し、遠くを見る眼になった。

吉次は、紀六が瓦版を売っていた時分の兄貴分であった。読売りなどより割のいい稼ぎに鞍替えするといって顔を見せなくなったのが、再び紀六の前に現れたときには、上ゲ屋になっていたのだ。どこで聞いてきたのか、紀六が女房に逃げられたうえ、母が倒れて往生しているのも知っていた。

「おめえにおあつらえ向きの仕事が吉原にあるんだ。やってみねえか」

紀六は仕事のあらましを聞かされても、すぐには返事ができなかった。

冷やかしがてら仲之町《なかのちよう》を歩くのはしょっちゅうだが、客として登楼《あが》ったことなどない。これまで関わり合った女の数にしても、お久を入れたところで片手で足りる。

だが、この先、前のような意気込みをもって瓦版売りを続けられるとも思えなかった。手に職があるわけでなし、かといって、働かねば己れが食うものはおろか、母の薬代もままならない。

「なあ紀の字、俺は誰彼なしに声をかけてるんじゃねえ。おめえの声の、人を誑《たら》し込む力を見込んでるんだ。こいつは読売りで身につけた技を生かせる仕事だぜ」

そう云われて、ようやく踏ん切りがついたのだ。

そのくせ、吉次はろくな講釈もせず紀六の仕込みにかかった。いくら気心が知れているとはいえ、紀六は正直なところ、他人の前で女と媾合《まぐわ》うことにためらいがあった。男と女のことは、そも手本をなぞって会得するものではない。女体という暗い森の中を手探りで進み、大体の当たりをつけていくのが、たいていの男というものだろう。それゆえ、他人の眼に晒すとなると、男としての価《あたい》を値踏みされるようで気持ちがすくんでしまう。

　しかし、紀六に対する吉次の仕込みに、躊躇が入り込む隙《すき》はなかった。汗みずくになった紀六の横に張りつき、吉次は鋭く耳打ちする。怖がらせるな。待つのも肝心なんだ。女の心が開いたときが正念場だぞ。

　娘がさからわずに男を受け入れるようになると、仕込みは一段先へ進む。指先の器用な娘もいれば、肌の手触りがえもいわれぬ娘もいる。器量がそれほどでなくても、女の持ち物そのもので男を参らせる娘もいる。上ゲ屋はおのおのの気性や得手不得手を見極め、それに応じた閨房での術を身につけさせるのだ。

　紀六は身体にちらばる快楽の急所をみずから示しながら、娘たちに手ほどきする。男の悦びというのは単調で、倦《あ》くのも早い。それを長く繋ぎとめるには、興味を逸らさせぬ工夫が不可欠だ。

　上ゲ屋として駆け出しの頃は、女の裸を見るなりいきり立ってしまう自分を持て余したものだった。しかし次第に相手の肢体が、花をつける前の枝木のように感じられてくる。すると、娘に咲かせるべき花の容姿や香りが、向こうからすっと立ち上がってくるのだ。

こつを掴むと、仕事に対する欲も出てきて、この俺が上ゲたのだという証を妓に刻みたくなった。出迎えの挨拶、喘ぎ、囁き、何気ない受け応え。折々で用いる声に人の心を惹きつける響きを織り込む術を、紀六は懇切に手ほどきした。

客は妓と顔を合わせたときから後朝《きぬぎぬ》の別れまで、始終、眼に見えぬ手で撫でられ続ける。どういうわけか、あの妓といると心地いい。時をおかずに逢いたい。そう思わせることができれば、しめたものだ。

紀六は手掛けた娘が仕上げの段になったところで、吉次の検《あらた》めを受けた。娘に試しの客をとらせ、閨房の様子を隣部屋から二人して覗《うかが》う。娘の床技と声になぶられて骨抜きになった客を見て、とうとうやったな、と吉次は肩を叩いてくれた。

「あっしが一本立ちして、丸三年になりやす」

紀六は指を折って確かめてみた。今は吉次と縄張りが別なので、仲之町で時折、顔を見かけるくらいだ。

「ほう、もうそんなになりますか。ところで、本日、手前どもへお運びいただきましたのは……」

治右衛門は吉次のことなどさほど気にしていたようではなく、話の向きを変えようとした。

廊下で女の訪《おとな》う声がしたのは、そのときだった。ああ、お入り、と治右衛門がうながすと、すっと開いた障子の外に、娘が頭を低くしてかしこまっていた。

澄んだ光が雪崩《なだ》れ込んできたと思ったのは錯覚で、娘の脇に置かれた花瓶から、小手毬《こでまり》の枝ぶりが差しかけているのだった。小さな白い花が球状に集まっているのへ、外の光が反射しているのである。

娘はなかなか入ってこようとしなかった。奥の間に花を運べと云い付けられたものの、客があるとは知らされていなかったのだろう。

「構わぬから、入りなさい。お客さまがお見えになったらお前をよこすようにと、遣手《ばあ》さんに云っておいたのだ」

治右衛門の声に咎め立てする響きはなかった。娘はようやく人心地ついたかして、失礼いたします、と部屋の内へ膝をすべらせた。

花瓶は大振りで、ことのほか重たそうだった。小柄な娘が抱きかかえて立ち上がると、紅ッ気のない唇から腹のあたりまで、小手毬に覆われてしまう。枝ぶりを透かして見る娘は、まるで可憐な花の一つひとつを身にまとったようであった。

「染里《そめさと》と申しましてね。半年前にここへ参りまして、つい先だって披露目の式をすませたばかりでございます。これで十六になるのですが、いまだに夕飯抜きの仕置きが、よほど恐ろしいようでして……」

「あの遣手さんよりおっかないものがあるとはねえ」

紀六が軽口をたたくと、治右衛門は鼻の穴を膨らませてにやりとした。しかしたちまち口許をひきしめて、

「このたびお頼みしたいのは、これでございましてな。紀六さん、ひとつ引き受けてもらいましょうか」

そう云って、煙管を灰吹きに打ちつけた。かん、と音が響いたのと、「あ」と紀六の頭上に聞こえたのは同時であった。

ひとひら、ふたひら、小さな白い粒が眼の前を流れていった。紀六の後ろへさしかかった染里が畳縁につまずき、花びらが枝を離れて降りかかってきたのである。

治右衛門のまぶたが、むくりと持ち上がった。低く、鋭い声が飛ぶ。

「何していやがる。さっさと運ばねえか」

染里はやっとのことで花瓶を床の間に据えると、顎で示された下座へ控えて両手をつかえた。治右衛門へ向けられた大きな眸《ひとみ》はくらくらと波打っている。精根のありたけを注ぎきって、詫び言すら浮かばぬようだった。

治右衛門は苦々しそうに溜息をつくと、紀六に向き直った。口許からは、先刻までの和やかさは失せている。

「まったく、これほど薄ぼんやりした女子《おなご》とは思いませなんだ。後できっと責めつけておきますから」

「よしておくんなせえ。ほら、どこが濡れたてえわけでもねえですし」

紀六は肩に散った花びらを払い、両袖を振ってみせた。それより……と、染里をじっくり眺めにかかる。

女を売り物として計るとき、紀六の勘働きは錐《きり》のように尖っていく。頭の真ん中を冷ややかなものが貫いて、人ではなく、箱に入った茶碗でも目利きしているような心持ちになる。

額がすっきりしていて、うん、なかなか利口そうな娘だな。治右衛門《おやかた》に叱言《こごと》をくらっても泣きださねえところをみると、思いのほか芯はしたたかなのかもしれねえ。なにより、このたたずまいがいいじゃねえか。

染里はぶしつけな視線が我が身を這いまわるのを感じていながら、どうすることもできないようだった。血の気のひいた顔の蒼白さが、長い睫毛《まつげ》をいっそう際立たせている。

「これはこれは……、めったにお目にかかれねえ、極々上品《じょうぼん》の本物だ」

これまで幾度となく口にしてきた台詞に、さも初めてらしい情感をこめると、染里は襟足から頬、耳たぶと、薄紅を刷きあげるように染まっていった。それを見届けておいて、紀六は治右衛門に膝を向ける。

「ようござんす。五のつく日ごとに仕込み、二月《ふたつき》から三月《みつき》ばかりで上ゲてみせまさ」

玉来屋を半刻《はんとき》ほどで辞して、紀六は伏見町にある売所《うりどころ》へ足を向けた。細見の版元・蔦《つた》屋《や》が、吉原に設けた出店である。小売もするが、おもな役どころは、細見売りたちにひと息つける場を供することであった。

「おう、上ゲ紀。首尾はどうだった」

裏口へ廻ると、店番をしている弥平《やへい》から、しわがれ声が掛けられた。細見に名を連ねる妓について、紀六に講釈させながら酒を呑むのがなによりという、七十すぎの爺さんだ。

「無駄口たたいてねえで、しっかり店番しろよ」

紀六は玉来屋が昼飯にと持たせてくれた竹皮包みを広げ、握り飯を頰張った。

「ちっとぐれえ聞かせてくれたところで、減るものでもあるまいに」

弥平は帳場に積まれた細見をひと抱えして奥へ引っ込んできた。それを十冊ずつ三つの束に分け、うち二つを風呂敷にまとめたのち、残りを紀六の膝のほうへと押しやってくる。紀六が風呂敷を背負い、裸の十冊を手にすれば、すぐにでも商いにかかることができる。

「ふん、恩を売りやがって」

紀六にとっては、弥平とじゃれあっているのが、気の置けないひとときだった。時折、埒のあかぬ物思いにふけったりする。もしも親父が息災で、桶職を継がなかったわだかまりも消えていれば、今頃はこんなふうに打ち解けられただろうか、と。

「よう、どんなだったよ、こんどの獲物は」

とはいえ弥平は、上ゲ屋の実のところをまともに捉えていないきらいがあった。紀六のことを、逃げまどう獣へやたらと鉄砲を撃ちかける猟師か何かと、履き違えているふしがある。

「どんなって……、そうだな、藪に迷いこんだ野うさぎてえところかな」

紀六は指についた飯粒を舐《ねぶ》りねぶり応じる。うずくまった兎の、ぴんと伸びた耳が小刻みに震えているのが、頭に浮かんだ。けれどもそれは、弥平が咽喉をくふうっと鳴らした音で、たちまち乱される。

「へへ、堪《こた》えられねえ。おめえさんは反吐《へど》が出るほど女子に溺れ放題で、どんな相手だって思いのままだろう？　そこへくると、わしなんざもういけねえ。あの世からお迎えがくる前《めえ》に、あと一っぺんでいい、若え妓《の》を味わってみてえもんさ。ひっ、ひっ……」

しまいには自分の言葉にあおられて悶絶している。

「勘弁してくんねえ。こちとら商売なんだぜ」

折よく、店先に客が立った。紀六は名残り惜しそうな弥平の背中を、帳場に向けて押してやる。弥平は口を尖らせながら戻っていった。

壁に寄りかかり、膝を抱えて弥平の言葉を反芻する。弥平はただ女のぬくもりに埋もれたいのだろうが、紀六はそうではない。持て余した慾望を吐き出すのとも、惚れた女を慈しむのとも違っている。女はみな、お久が姿を変えて立ち現れた仇《かたき》にほかならないのだ。

所帯をもった時分のお久が、おまいさんはいまに江戸で、いや日本で一番の瓦版売りになれるよと励ましてくれたのを、紀六は忘れていなかった。あのまことしやかな面の皮を剝いで、とぐろを巻いている薄情さを罵ってやりたい。

上ゲ屋であれば、それが叶う。男を悦ばせる術を授けるというのは、方便にすぎなかった。紀六が娘たちに望むのは、男がなければ悶え狂う、得体の知れぬ化け物を身体に棲みつかせることだ。それこそが女の真の地獄で、紀六は娘たちを女郎に仕立て上げることで、仇を討っているつもりであった。

視線を落とすと、身に着けている袷《あわせ》の裏に、小指の先ほどの白い塊があった。いつのまにこぼしてしまったのか、飯粒がこびりついている。

つまみとろうとした指を、紀六はふと止めた。それは、玉来屋で染里が散らした小手毬の花びらであった。降りかかった肩をすべり落ちて、腹に吹き溜まっていたのだろう。

衿許を深く合わせて風を入れる。塊はほどけてささやかな吹雪になり、ひなびた土の香りを嗅ぐような懐かしさとともに、鼻先をかすめていった。

三

次に玉来屋へ足を向けたのは十日後であった。約束の朝四ツ半に上がり口に立った紀六を、店の若い者が案内してくれる。

大広間の脇の廊下を、階段の手前にさしかかったときだった。陰からぬっと突き出された長煙管が、紀六の袖を搦《から》めとった。思わず振り向くと、どてらを引っ掛けた妓の眼が、暗がりでからかうように光っている。長煙管を抜きとろうと紀六が手をかけると、途端にものすごい力で暗所に引きずりこまれた。

花魁、ちょっとの間だけですぜ、と背中で若い者の声がして、足音が遠ざかっていく。

「ふふ……、だぁれだ」

妓が吐く息は酒臭かった。暗がりでも見てとれるほど、床疲れが残る妓の顔はもったりとむくみ、白粉《おしろい》がところどころ剝げて、黄ばんだ肌がのぞいている。全体に生気を欠いたなかで、血走った眼ばかりが、別の生き物のようにぎらぎらと蠢《うごめ》いていた。そこには、虚と実のかけひきに神経を擦り減らす者特有のすさみが、剝き出しになっている。

「悪いが、覚えがねえな」

あっさりと応えると、妓のまなじりは吊り上がり、崩れた髪の毛がそそけ立った。

「この……鬼ッ」

短く叫んだ妓の姿こそ、紀六は本物の鬼だと思った。だが、妓が声から揶揄《やゆ》の響きを引っ込ませ、このうえない物悲しさを溶け込ませてきたのを、聞き逃しはしなかった。かつて、手ほどきもしていないのにこうした声を得手にしていた娘がいた。

「嘘だよ、若草《わかくさ》花魁」

耳許に吹き込むと、若草とよばれた妓はくつくつと笑いだし、紀六の胸を廊下のほうへと突き返した。低い笑いを洩らす口許は鉄漿《かね》で黒く染まり、暗がりにいちだんと深い洞《ほら》が口を開く。

紀六は若草が堕ちた奈落を洞のなかに見た。突き落としたのはまぎれもなく自分だが、それで怨まれる筋合いはないだろう。廓では、底の底まで堕ちきった妓にしか、生きる道は開けてこない。若草は紀六に背を突いてもらったおかげで、正しく堕ちていけたのだ。

――まだ、まだまだだ。本当の底はこんなもんじゃねえ。

上ゲ屋としての務めを果たした喜びが、心の底を冷ややかに這いのぼってくる。

吹き抜けの中庭に架けられた二階の廊下を渡ると、突き当たった左手にある六畳間が、仕込みにあてがわれた部屋であった。ではお頼みしやすと云いおいて、若い者は下がっていった。

「もし、入りやすぜ」

紀六は返事を待たずに襖《ふすま》を引いた。障子を背にした染里の輪郭が、さっと硬くなる。紀六はかまわず入っていって、染里の隣に胡坐《あぐら》をかいた。ただし、手を伸ばしても触れぬくらいに離れている。

挨拶なぞは手間になるだけだ。娘に思案する暇をやっては仕損じる。紀六は間髪を入れずに畳み掛けた。

「なあ染里さん。仕込みにかかる前《めえ》に、これだけは心得ておいてもらいてえことがあるんだ」

染里は眼を伏せたままで、目鼻をふちどる影さえもこわばっている。木綿の寝間着を着ているが、衿許はきっかりと打ち合わされ、矢をも通さぬ鎧《よろい》を思わせた。

「……それはそうと、おめえさん、やっぱり可愛らしい顔のつくりをしてるなあ」

紀六がいったん間を置いて、声をくだけた調子に変えると、染里はひょいと顔を上げた。何を云われたのかとっさには呑み込めないふうな、きょとんとした顔つきだった。

そして、すぐにまた下を向いた。

「すまねえ、心得の話をしてるんだったな。上ゲ屋はお大尽衆みたようにここへ遊びにくるわけじゃねえ。一本立ちしたおめえさんが手詰まりにならねえよう、その身に得物を持たせるために通うんだ。見てみな、誰が使うでもねえこの部屋はがらんとしたものだが……」

紀六につられて、染里も首をめぐらせる。

「花魁と呼ばれるからには長持、箪笥に始まって炭ろうそくに至るまで、おめえさんひとりで才覚するんだ。新造や禿《かむろ》が付けば、その費用《かかり》も被らなくちゃならねえ。……でもまあ、おめえさんのように器量がよけりゃ、客も押しかけようってもんだけどな」

染里は、掛け軸も茶道具もない壁を眺めていて、紀六には横顔を向けている。障子ごしの柔らかな光のもとで、頬にうっすらと赤みが差した。

「おめえさん、まさか姐《あね》さんが授けてくれる、通り一っぺんのまやかし事で間に合わせようなんて高を括っちゃいねえだろう？」

紀六が問うのへ、染里はこくりと肯く。

「足りねえ分はてめえで何とかしなくちゃならねえ。上ゲ屋が手伝うのは、そこんとこだ」

紀六はさりげなく尻をずらして間合いを詰める。

「おめえさんなら、心掛け次第で見世いちばんの売れっ妓《こ》になれる。こうして坐ってるだけで艶《なま》めかしさが匂う女なんて、そうはいるもんじゃねえ」

染里はにわかに近づいた声に不意を衝かれたようだった。顔をのけぞらせたものの、しかし、後じさろうとはしなかった。

当惑した眼差しには、最前からの怯えが残る一方で、眼の前にいる男をこのまま喋らせておいたらどうなるのだろうという、好奇の色がのぞいている。初顔合わせのときから紀六が織り込んできた口説きが、じわじわと女心に染み入っている証だった。

「おめえさんには素質がある。どんなお大尽もぞっこんほの字になるような花魁に、なってみてえと思わねえかい」

そのままぐいと引き寄せて、肩をふところに抱きこんだ。このときばかりは、紀六は娘に考えさせる。なにゆえ上ゲ屋に身をゆだねるのかを、娘自身に嚙み熟《こな》させておくのだ。

やがて、染里は絶え入りそうな声を絞り、紀六のほうへそろりと顔を向けた。

「あの、兄さん、わっちを……」

「おう、なんでえ」

わっちをどうぞ上ゲてくんなんし、と開いた唇を吸おうと、紀六は身を屈めていく。互いの鼻先が触れようとした。

「……わっちのことを、お忘れでありんすか」

声はおろおろと揺らいではいたが、間近に突きつけられた双眸は、凜《りん》とした光を放っていた。はて、前にもこれと同じ眼に見つめられたことがあったような、と思うと同時に、記憶がたちどころによみがえってきた。紀六の父がまだ健在であったころ、一家が暮らしていた橋場町の長屋に、染里の家もあったのである。

「おめえさんは……、そうだ、お紺《こん》。お紺てえんじゃなかったっけか」

紀六の腕の中で、お紺の身体がたちまち重みを増していく。張り詰めていたものが一気に弛んだのだろう。仕込みに持ち込むには、絶好の流れであった。

だが、紀六はお紺から身体を引き離すと、また少し間をあけたところに退いた。仕込みをこのまま請け負ったものかと、思案する気持ちになっている。廓の中での姿よりほかの貌《かお》を知っていると、やりにくさがあるのは否めなかった。

「いつも竈《へっつい》の上の引き窓が開いていて、中がのぞけたんだ」

紀六は半ばやけくそで語りはじめる。部屋に乗り込んできたときの気勢は削がれてしまっていた。とはいえ、一度《ひとたび》の仕込みにつき一刻と取り決めてあるので、このまま切り上げるわけにもいかない。

「あすこを開けておくと、いろんな人が行き来するのが見えるでしょう。心細くなくっていいんです」

お父っつぁんが通いの料理人だったもんだから、お店へ行ってしまうとあとは私と妹の二人きりで、とお紺は付け足した。昔を知る兄さんを前にして、廓言葉は抜け落ちている。

「おめえさん、あんときいくつだったんだ」

「あたしは九つ、妹は三つでした」

「おっ母さんは」

「妹を産んで、じきに歿くなっちまって……」

その口ぶりが心持ち湿っぽくなった気がして、紀六は腰を上げて障子を引き、欄干に身をもたせかけた。高くなった陽が外を白っぽく照らしだしているぶん、かえって部屋の中は黒い紗《しゃ》をかけたようになる。

「もうじき田植えの時節なんですね」

「ああ、あとひと月もすれば、いちめんに苗がそよぐ」

玉来屋のある京町二丁目は、廓の南べりに面しており、座敷からは吉原田圃の見晴しがきく。田は起こされて水が引かれ、代搔《しろか》きが始まっていた。すでにならし終わっているところでは、水がひときわ鋭い光を返している。

いましも、手拭いを姉さん被りにした女房が、あぜを向こうからやってくるところだった。昼飯の支度なのだろう、大きな土瓶を左手に提げ、お重の載った盆を頭に担いでいる。田で作業していた男が手を振っているところをみると、それが亭主なのかもしれない。

真昼の陽射しのもと、陰影を欠いた風景はのっぺりしていた。そういう絵をどこから持ってきて、障子の枠に嵌め込んだみたいだった。だが、廓をとり囲む黒板塀と、その外側をぐるりとめぐる鉄漿溝《おはぐろどぶ》が、絵でないことを知らしめている。塀と溝は陽射しを呑んでなお黒々として、部屋と田圃とをくっきりと隔てていた。

「すぐそこに見えるのに、ずっと遠くにあるみたい……」

誰に云うでもなく、お紺はつぶやく。頬のあたりには、乳臭さの抜けぬ子どもの面影が残っている。だが、目許には陰鬱な翳《かげ》りがくわわり、田圃の夫婦へ注がれる視線は物憂いものになっていた。お紺の胸中を推し量るうち、紀六はいたたまれなくなってくる。

背筋がぞっと粟立った。ひとたび受けた仕事を差し戻すなどと、ちらとでも考えた気弱さが恐ろしかった。治右衛門は例の薄笑いで承知こそすれ、二度と依頼を持ち掛けなくなるに決まっている。

お払い箱という言葉が頭をよぎる。他人《ひと》に誘われて飛び込んだ稼業であっても、ようやく築きかけた足場を自ら踏み砕くのはごめんだった。

お紺のうぶうぶしい頬も、紀六の仕込みによって引き締まっていくだろう。娘たちは、廓へきた当座こそ涙にくれているものの、いずれ別の顔を見せるようになる。じたばたしたところで苦界《くがい》を抜け出せはせぬのだと、ある時期をしおに、頭ではなく身体でもって悟るのだ。いったんそこへ行き着いたら、後ろは振り返らない。あがき、のたうっていた昨日までの自分を、知らぬ者を見送るかのように屠《ほふ》るのである。

その姿には、歳月に揉まれた男が分別臭くなるのとは異なり、万事を断《た》って生き直す潔さがあった。女は怖《こえ》え、と紀六が思うのはそういうときだ。

ともかく、どんな依頼だろうと、精いっぱい身を入れてかかるよりほかはない。欄干に預けていた身体を戻し、いがらっぽくもないのに咳《しわぶ》くと、お紺も我に返ったようだった。紀六を眩しそうに見上げ、短く溜息をつく。

紀六はいま一度お紺に寄り添った。こんどは、お紺はなすがままになっている。

「辛かろうが、どうか了簡《りょうけん》してくんねえ」

膝の上に揃えられた華奢な手に、紀六が手を重ねると、お紺は顔をうつむけたまま、

それでもしかと肯いた。

廊下がきしみ、もし、紀六兄イ、じきに刻限ですぜ、と声がした。へえ、いま仕舞うところでさ、と返しておいて、お紺の耳許に囁きかける。

「俺がきっと、立派な花魁に上ゲてやる」

紀六の胸に、お紺が頬を押しつけてくる。その顎を素早くすくって唇を吸い、紀六はかろうじて上ゲ屋の面目を保てたことにほっとした。

四

六月に入り、仕込みを終えた紀六は、玉来屋の内所へ下りていった。帰りに寄るよう声をかけられている。

内所の障子は開け放たれているのに、湿気で肌がべたべたする。禿が運んできた茶は、井戸水に浸してあったのだろう。ほどよく冷えて、汗ばんだ身体にありがたかった。

「はかがいっておりますかな、染里は」

一服つけていた治右衛門は、世間話もはさまず切り出した。瞬間、紀六の手はわずかにぶれ、茶碗がかちりと歯に当たる。

「へえ、はかがいくもなにも……。あのとおり、ちょいと間怠《まだる》っこしい娘さんでいなさるもんで……」

紀六は治右衛門の顔色をうかがいながら、言葉を択《えら》ぶ。

治右衛門はいつもながらの眠たい眼をしているが、声ばかりは愛想がよかった。

「ふむ、なかなか思わしくないようでございますな。では勘定しにくかろうが、上がるまで、あといかほどかかりましょうか」

「さいでござんすね……」

紀六は腕組みし、いかめしい表情を繕って考え込む。こちらへひたと据えられた治右衛門の両眼がうっとうしかった。中庭に群生しているどくだみの匂いが、湿気とともに胸に入ってきてむかむかする。

深い呼吸をひとつして、青桐が佇んでいる一角に、視線を泳がせる。雲が垂れ込めているせいで、地上にあるものは一様に灰色がかっていた。青桐の葉は鬱屈を抱えたようにくすみ、株元に配されたあじさいの紫に、蒼ざめた影を落としている。青桐と並んでいる高木の、名はわからぬが数多《あまた》に花をつけているのが、はっと眼を引く白さを投げかけていた。

「じつは、少しばかり手間取っておりやして……。あと、ひと月てえところですかね」

お紺の仕込みにかかって、じきに二月になろうとしていた。早い者ならそろそろ上がりが見えてくる頃合いだが、三月かかるのもざらにいる。この仕事を請け負った折に申し合わせたとおり、あとひと月というのはもっともな見当だろう。

「ひと月、と」

治右衛門は煙管をくわえ直した。眼をつむり、思案する顔つきになる。

「何ですかい、具合の悪いことでもあるてえんで？」

治右衛門はしばらくのあいだ沈思したのち、いや、弱っておりまして、と瞼を開いた。色のない目がのぞく。

「染里の馴染みになりたいというお方が、おいでなのでございます」

「へえ……」

「紙問屋のご当主でして、手前どもへは、もともとご商売でお見えになるのでございます。何かの折に見かけたのを、たいそうお気に召されまして」

「そりゃまた、気の早えこって」

「ええ。ですから、一度はお断り申し上げたのでございますよ。あれは披露目をすませはしたが仕込み中だ。花魁になるまで、いましばらくお待ち願えませんか、と。ところが、それで構わぬ、是が非でも、と内々に手付けまで頂戴してしまいましては……」

「ちょちょっ、そいつぁ無理ってもんですぜ」

自分でもびっくりするような大声を出していた。広間で坊主めくりをやっていた禿たちが、いっせいに振り返る。紀六は声を潜めた。

「上ゲ屋の手が入っているあいだ、妓がつとめるのは初会と裏まで、床入りは勘弁してくれと、取り決めてあるはずじゃござんせんか。横槍が入ったんじゃ、変な癖がつきやすから」

声が次第に尖っていく。

「そりゃ、親方が当座の儲けだけで十分だと仰るなら、あっしは構いませんぜ。だがそれなら、はなっから上ゲ屋が骨折ることなぞねえんじゃありやせんかい」

ひと息にまくしたてる紀六を、治右衛門は衿許に顎を埋めるようにして見つめていたが、やがて肚《はら》を決めたらしい。

「ふむ、お前さんの言い分が筋というものかもしれませんな。丹精こめて仕込んできた妓を半端なかたちで手放すのは悔しくもございましょう。染里は磨けば光る玉だと、あたしも見込んでおりますのでね。ようございます。先様にはよく話して、いま一度お断りするといたしましょう」

紀六の肩から力が抜けていった。だがそれでも、治右衛門の口ぶりは、ひたすら紀六を責付《せっつ》いていた。

「念のため、急ぎに急いでいただいたとして……。あといかほどか、お聞かせくだすってもよろしゅうございましょう」

紀六は茶碗に手を伸ばしたものの、中は空になっていた。小さく舌打ちした。

「まあ、事情《こと》が事情だ。なるたけ急いでみますがね。仕込みを五日に一度の割に増やすとしても、やっぱり二十日はみてもらわねえと」

いくら食い下がられたところで、いったん出した見積もりを引っ込めるつもりはない。安請合いをする奴だと、みくびられるのがせいぜいだ。

「二十日……。いえ、お前さんにお任せします。旦那方を虜《とりこ》にする技を一つでも多く授けていただくことが、手前どもの儲けにつながるのでございますから」

治右衛門は眠たそうな眼で紀六をちらと見、それから長々と煙を吐いた。

玉来屋を出て、紀六はまっすぐ売所に向かった。蒸し暑さのせいだけではない汗が、首筋を伝い落ちてくる。弥平に声もかけずに奥へ上がり込み、そのままごろりと横になった。身体の下に大きな渦が広がって、ぐるぐると引き込まれていくような感じがする。

お紺はとうに上がっていた。たとえ今宵、三会目の客にまみえようとも、気後れせず枕《つとめ》を果たせるはずだ。だが紀六はまだ、それを玉来屋に伝えることができずにいた。

今日こそ治右衛門《おやかた》に云うのだと、内所へ下りていく階段で、胸に誓ったはずではなかったか。

それなのに、いざお紺に眼をつけた旦那がいると聞かされると、声が裏返るほど取り乱してしまった。動揺を治右衛門に悟られまいと、仕込み半ばで仕事を取り上げられる憤りを、もっともらしく訴えた。

そうでもしなければ、喚《わめ》きたてずにおれなくなりそうだったのだ。紙問屋だろうが何だろうが、お紺には指一本ふれさせやしねえ、と。

冷たいものが肚の底へと下っていく。お紺は女衒《ぜげん》を通じ、女郎になるべく玉来屋へ売られてきた娘だった。いずれ客の手に堕ちる玉、千仭《せんじん》の谷底に沈む一輪の花なのである。頭ではわかっている。なのに、お紺を前にすると、あと少し、もうちょっとという気持ちが膨れ上がり、我を忘れて極みへと昇り詰めてしまう。

仕事への意気込みがそうさせているのだと、幾度も思い込もうとした。けれどそれは、ていのいい理屈に縋《すが》りついているだけなのかもしれなかった。今なら引き返せると、どこかで信じてもいた。

よもや、治右衛門に気取られたのではなかろうか。胸に、黒くてどろりとしたものが、たちまち流れ込んでくる。お前さんの腕を頼りにしているといった口先とは別に動く眼が不気味だった。客の善し悪しを値踏みするようなその奥には、一点の不透明さがある。

頭の後ろがぐわぐわと脈打っている。寝返りをうつと、身体の下の渦が大きくうねり、天井がぐらりと傾いたように思えた。

いや、考えすぎだ。

いま一度、寝返りをうつ。治右衛門はあくまでも、上ゲ屋紀六と接しているのだ。羽振りのいい旦那を相手に、大きな商いをしたいだけなのだ。これまで幾人もの妓に熱を上げられようと務めに徹する紀六を、治右衛門ほど近くで見てきた者はあるまい。

時をかけて、少しずつ息を吐いた。頭の熱がすっと下りて、首の後ろがにわかに寒くなってきた。

五

五日が経った。

先だって治右衛門と交わした話を紀六がかいつまんで聞かせると、お紺は烈しく首を振ってしがみついてきた。

狂おしいひとときが去り、紀六が身体を剝がしても、お紺はしばらくのあいだ息をはずませていた。胸の起伏がせわしなく波打つのを、紀六は隣に横たわって見つめている。瘦せっぽちだったお紺だが、二月ばかりのうちに懸命に仕込みを受け入れ、肩や腰はまろやかに熟れはじめてきていた。

お紺は枕にのせた頭を心持ち向こうへそむけている。頤《おとがい》をさかのぼって喉元へと至る線が、入り江のような弧を描いていた。汀《みぎわ》の尽きるところを長襦袢が遮っているが、内側から透けてくる慎ましやかな灯火《ともしび》までは隠しきれずにいる。

その温かさをいま一度たしかめたくて、紀六は投げ出されたままになっている手を取った。触れた指先がわずかに反りかえり、思い直したように、お紺のほうから紀六の指をたぐってくる。

遠くの空で、ごろりごろりと雲の中で岩を転がすような音が響いている。玉来屋に入るとき見上げた軒先を、つばめが低くかすめていた。じきに一雨くるのかもしれない。

ひとしきりお紺の手をもてあそんでいるうち、枕許で、ぱさり、と音がした。見ると、拳ほどの白い花が畳に転がっている。床の間の釣花活《つりはない》けから落ちたようだった。

「どうもやっぱり、椿みてえだな。梅雨だてえのに、狂い咲きかな」

紀六はお紺の手を離し、腹這いになって花のほうへ腕を伸ばした。内所から見渡した中庭で、青桐の隣の木に咲いていた花に相違なかった。

「夏椿というのでありんすぇ。娑羅《しゃら》の木とよぶ人もあるそうざますが」

乱れた胸許を掻き合わせながら、お紺が蒲団に起き上がった。初手のうちはうっかりすると市中の物言いになったものだが、いまではすっかり廓言葉が板についた。水にくぐらす前の麻生地のように硬く一本調子だった声もしなやかになり、まるで天鵝絨《ビロード》で耳を撫でられているみたいだった。

紀六は手に夏椿をそっと包んで身体を起こした。五弁の花びらを破かぬよう用心して、お紺の前髪のわきに挿してやる。

「おかたじけでありいす」

お紺がうっとりした微笑みを浮かべた。暗く沈んだ部屋の中に、椿は仄かな光をともしたようだった。桜色に上気した頬や、寝乱れてほつれた鬢《びん》の毛に、その光がほんのりと差しかけている。そこには、娘の殻を脱いだ女の自信が滲み出ていた。

紀六はこれまで、娘たちのその表情を引き出すたび、陰暗な誇らしさを味わってきた。それが、相手がお紺というだけで、こんなにも切ないとは。

「わっちァこの花を目にするたんび、わたしを忘れないで、と引き止められるような心持ちになるのでありんすぇ」

お紺がわずかに首をかしげて云うと、白い花びらもふるると震えた。

「どういうことだ」

「うら侘しい冬のうちなら、椿はただそこにあるだけで、みなに褒めそやしてもらえましょう？　けれども梅や桜の時節になると、誰も寒の盛りに眺めた花なぞ、名残りほども心に留めてはおりんせん。騒々しい花々が散ったころ、夏の椿は咲き直すのでありんす。冬に愛でてくれたことを忘れないで、いま一度、思い返して、と」

「ふうん、さみしい花だな」

紀六が思ったままを口にすると、

「なにゆえでありんすか」

お紺は面を上げた。花びらをふちどる細かなひだがさざなみ立った。

「だってよ、古びた思い出を後生大事にしまいこんで、始終ひっぱり出しちゃ、懐かしんでいるみてえじゃねえか」

「それは、ならぬことでありんしょうか」

お紺がむきになって問い返してくる。紀六は少しばかり気圧《けお》されそうだった。

「むろん、過ぎた昔を思い切るのは容易じゃねえ。けど、すんじまったものをほじくり返してたらきりがねえだろう。人てえのは、後ろ向きに歩くようには出来ちゃいねえんだ」

じつのところ、紀六が心からそう思えるようになったのは、ついこの頃のことなのだ。

「そうはおっせェしても、水に流せぬことだってありんしょう？　わっちァ橋場にいた頃のことを、かたときも忘れられずにいるのでありんすから」

お紺はそう云って、髪から夏椿を抜き取った。淡い光が遠のいて、目鼻がぼんやりとかすむ。しかし、両手で押し頂いた花を胸許に持ってくると、それはいっそう確かな明るさでお紺の面輪《おもわ》を浮かび上がらせた。睫毛《まつげ》を伏せ、花に頬を寄せたお紺は、何かを祈っているふうでもある。

「お父っつぁんがいて、妹がいて……、これほど懐かしく、慕わしいものはありんせんえ……」

お紺のくぐもり声が、紀六を過ぎ去ったときへといざなっていく。

おまいさんの瓦版が今日もたくさん売れますようにと、戸口で送り出してくれたお久のはつらつとした声。夏の日盛り、盥の中のおみよがはしゃいで弾いた水の玉。心はずむ賑々しさが身の廻りをとりまいて、毎日がまぶしかった。紀六にとって懐かしく慕わしいのは、そういったものだった。

蒼白い稲光がまたたいて、紀六の物思いはさえぎられた。土の湿る匂いがにわかに煙り、甲高い鳥の啼き声が横切っていく。

お紺が花をのせた手を膝に置いてうなだれていた。

「どうした」

肩に手をかけると、お紺はそれまでこらえていたものが崩れるように、紀六の胸に顔を埋めてきた。

「わっちァ、先だって、姐さんに叱言を食らってしまいんした。お前このところ、ちょいとおかしゅうありんすぇ。いくら名をよべども返事はなし、頼みごとも失敗《しくじり》だらけ。馴染みの客もまだおらぬというのに、誰ぞ胸に棲まわせているのではありんせんか、と……」

細い肩が小刻みに震えて、終わりのほうは言葉にならなかった。紀六はたまらず、お紺を掻き抱く。

このままでは、お紺は壊れてしまう。お紺を失うのは、不安というより、恐怖だった。見世に出したくないと、強く思った。

頭上では、いよいよ近づいてきた雷が大音声をとどろかせている。紀六の胸に、ある思案がふいになまなましさを帯びて迫ってきた。

六

引四ツを報せる拍子木は聞き逃したらしい。妓楼が下ろす大戸の音で、紀六は跳ね起きた。

売所の居間で、ともに呑んでいた弥平の姿はなかった。二階にある寝床へ引っ込んだのだろう。立ち上がると、わずかに頭が痛んだ。

土間へ下り、裏の戸を引いてみる。夕どきからの雨は霧に変わっていた。

壁に掛かった合羽と笠を取ると部屋へ戻り、着物を裾短に直した。胴巻きには五両二分ほど入っている。同じだけのものを母の枕許に置いてきた。いつものように「じゃ、行ってくら」と声をかけると、母は紀六の顔を食い入るように見つめ、いつまでも眼をつむろうとしなかった。

瞼に残る母の顔を振り切るように、紀六は後ろ手に戸を閉め、霧の中へすべり出た。仲之町に背を向けて、羅生門河岸と呼ばれる薄汚い路地へと向かう。鉄漿溝の錆びたような臭いが鼻をつく。

夜更けの羅生門河岸は、すっかり人通りが絶えていた。番屋には物音もなく、障子戸に映る灯だけが揺れている。突き当たりにある九郎助《くろすけ》稲荷の境内は、霧に覆われてひっそりと静まり返っていた。

引四ツの拍子木を聞いて、半刻ばかり経ってからにしましょうと云いだしたのは、お紺のほうだった。姉女郎が客と床に入れば、用のない新造や禿たちはとろとろと眠り込んでしまうのだという。

「そこを、抜けて参りんす」

きっぱりと云い切ったお紺の眼には、男への恋慕に浸っているというのとはまた別の、粘りを帯びた光がぬめっていた。

紀六は天水桶の陰に身を寄せる。支度してきた衣服にここで着替えさせ、お紺を連れて逃げるのである。

きっと逃げ延びて、お紺とともに生き直すのだ。その瞬間《とき》が近づいていると考えると、足許から震えがきた。


ほどなく現れたお紺に、紀六は無言で笠を渡し、合羽を着せ掛けた。しゃがんで、足に泥を塗りつけてやる。こうして、脛《すね》の白さを目立たなくさせるのだ。お紺は身じろぎもせず、紀六の手許を見つめている。

足抜けの手だては、二通りに絞られた。女が男の姿に化け、大門をくぐって外に出るのが一つ。黒板塀を乗り越えるのが、もう一つだ。

初め、紀六は正面から出ていくのは難しかろうと思案した。夜四ツになれば大門の扉は閉じられ、出入りは袖のくぐり戸に限られる。そのくぐり戸が、面番所のすぐ脇に付いている。向かいには、女の出入りを特に見張る四郎兵衛番所もある。かといって、黒板塀を越えるのも容易ではない。梯子をかけ、忍び返しのついた塀を乗り越えたとしても、幅二間もある鉄漿溝が待っている。その先は、水をたたえた田圃であった。

やはり、大門をくぐるほうに賭けることにしよう。お紺にそう伝えて、雨の日を待ったのだった。雨が降ればいちいち面体を改めるのは手間だし、紀六は面番所の連中とは顔馴染だ。不審がられはしないだろう。

お紺を連れて羅生門河岸を引き返しながら、紀六は天に身を任せる気持ちになっていた。最後は時の運にかかっているように思う。

くぐり戸の傍らでは、門番がぼうっと突っ立っていた。紀六が何気なく眼をやると、格子の奥は仄暗いきりで、ほかに人の気配はなさそうだった。

「おう、紀六。今夜はだいぶ遅いじゃねえか。さては、だいぶきこしめしたな」

門番は眠気を覚ますのにうってつけの相手とみたらしく、馴れなれしく声を掛けてきた。

「あれ、誰でえ、後ろの人は。おめえの連れかい」

顎で紀六の背後を示す。お紺が唾をのみ込むのが感じられた。

「いつもの店で一杯ひっかけてたら、隣にいたこの人と妙にうまが合っちまってね。いい妓に振られたてえんで、講釈してやってたのよ」

自分でも驚くほど、つらつらと言葉が口を衝いて出た。手のひらがじわりと湿る。お紺は黙ったままでよたついている。身体が振れるたび、着物に染み込ませておいた酒が匂う。門番は口許をゆるめ、薄く笑った。

「呑みすぎは稼ぎに響くぜ。用心して帰《けえ》りな」

笠を直して、紀六はくぐり戸を出る。千鳥足を装ったお紺も、あっさり抜けた。

大門を出ると、いきなりの闇だった。細かな霧で膨れ上がった闇に、眼も鼻も塞がれてしまいそうになる。

紀六はお紺の手首を摑むと、霧の帳《とばり》を掻きわけるようにして進んでいった。俗に田中と呼ばれている田圃の路を小塚原に抜け、千住大橋を渡る算段で、おおよその道筋はお紺に告げてある。上州桐生に、お紺の身寄りがあるという。

五十間道を上って日本堤に出ると、山谷堀を渡ってまた細い水路を越えた。元吉町の手前を左に折れたところまできて、紀六は提灯に灯を入れた。人目につくのは避けたいが、月あかりのないあぜ路を田圃に落ちずに歩くとなると心許ない。

灯がともると、重苦しさは幾分うすらいだ。じゅく、じゅくと、湿った草を踏む足音だけが聞こえている。昼でも薄気味悪い仕置場あたりの人気《ひとけ》のなさも、今宵ばかりはありがたくさえある。

橋に辿り着くまでは、何も喋らず歩を進める約束だった。だが、左手に小さな祠《ほこら》が見えてきたとき、紀六はお紺に呼び止められた。

「兄さん」

振り返る紀六の眼に、闇の中から次々と吐き出される人影が飛び込んできた。

「何でえ」

とっさにお紺を背にかばい、声を投げる。入れたばかりの灯を吹き消すと、たちまち闇が四方から押し寄せてくる。

相手が幾人なのかも定かでなかった。取り囲まれた途端、右手の影がだしぬけに殴りかかってきた。脾腹《ひばら》を突かれ、息が詰まった。よろめいた勢いで眼の前の影にしがみつき、そのまま膝から蹴り上げる。相手はぐうと唸ると、身体をくの字に折って後じさった。

紀六はふところに匕首《あいくち》を呑んではいたが、あくまでも護符のつもりだった。心得などあるはずもなく、滅多やたらに振り回す。敵が組みついてくることもないかわり、切っ先が相手を捉えた感触もなかった。たちまち息がはずみ、ふらつく足許が攫《さら》われたと思うと、後はもう何がどうしたのか判然としなかった。

身体の内側で砕けるような音がして、気がついたときは、ぬかるんだ地面に膝をついていた。

「何だたあ上等じゃねえか、紀六兄さんよ」

何者かが紀六の名を呼び、提灯のあかりとともに近寄ってくる。

「上ゲ屋が妓を連れて外を歩くたあ、どういう了簡だ。おまけに、男に化けさせてときてやがる。どこから見たって、逃げようてえ寸法だ。申し開きができるのかい」

差し出されたあかりを、紀六は懸命に覗き込む。精いっぱい眼を見開いているのに、視界が極端に狭まっている。

ようやくかち合ったのは、たるんだ瞼の下にのぞく、鉛のような眼であった。紀六の視線はぴたりと吸い寄せられたまま、逸らせなくなった。

どうして、治右衛門がこんなところにいるのだろう。

「おめえ、何をしでかしたか心得ているんだろう？　足抜けがばれるのは心中の仕損じと同じだ。捕らえられたはずみに殺められようと、文句は云えねえ」

しまいのところは紀六にしか聞こえなかったに違いない。紀六は、治右衛門が遣手婆の忠告をきかぬ遊女にすさまじい折檻を加え、半死の目にあわせたことがあるのを、頭の片隅に思い出した。

「後生ですぜ、親方、女だけは勘弁しておくんなせえ。まだ仕込み中だ。花魁じゃねえ」

口の中が腫れていて、上手く舌が回らない。

治右衛門は恐れ入ったというふうに嘆息する。次の瞬間、なに、案じなくともおめえの希《のぞ》みは叶えてやるぜ、と声がぐっと低くなった。

治右衛門が顎をしゃくると、黒い影の間を割って、女の白い顔が現れた。

「兄さんには、お世話になりんしたぇ」

それは紛れもない、お紺であった。闇に浮かんだ顔はいつもより蒼白く、能面のようにこわばって見える。

「玉来屋の親方様に明かしたのは、このわっち。兄さんの退《ひ》けたのち、親方様が妓を味見することを、見抜けなかったのでありいすか」

抑揚のとぼしい口調からは、どんな感情も読みとれなかった。思案の的をどこに定めてよいのかわからぬまま、紀六は身体じゅうを耳にしてそばだたせる。

「親方様は、つきっきりでわっちを女にしてくれんした。おぼこいふりをして兄さんに身を任せるのは、たいそう骨でありんしたよ」

「だって掟が……」

紀六が治右衛門に向かって腰を浮かそうとすると、すぐさま男たちに押さえ込まれた。左腕で、またいやな音がする。

「云っておくが、抱え女郎に毎度手を出しているわけじゃねえ。だが、上玉が艶を帯びていくのを、ただ手を拱《こまぬ》いているだけというのも面白くねえんだよ。しかしあれだな、おめえの腕はやっぱりてえしたもんだ。紙問屋の話で釣ったときに踏みとどまってくれりゃ、こっちにも思案があったのによ」

せせら笑う治右衛門の顔が、目に見えるようだった。紀六は、頭のてっぺんから冷や水を浴びせられたような気持ちになった。

「兄さんは、人殺しでありんす」

ひどくのんびりした声が、紀六の耳に入ってきた。

「ねえ兄さん、わっちのお父っつぁんが料理人だったのはご存知でありんしょう?」

お紺が静かに語りはじめる。橋場町に住んでいた時分のことを話しているのだった。あるとき、お紺の父がさばいたふぐで死人が出た。歿くなったのはかなりな年寄りだった。持病があり、心ノ臓の発作に襲われたのだと、その場にいた年寄りの家族は明言した。店のほうでも料理人の腕を信頼していたので、お紺の父を咎めることはしなかった。

お紺の父は、家にいるときに路地へ棒手振《ぼてふ》りが入ってきたりすると、盤台をのぞいて品定めのしかたを教えてくれるような人であったという。わっちはそれを思い返すにつけ、透明な鱗につつまれた魚の身のしまりっぷりが眼に浮かんで参りんす……と、心を遠く漂わせているような響きが、闇に染み入っていく。

父がかわいがってくれたおかげで、お紺は友達と遊ぶひまがなくても寂しさを味わうことがなかった。父子三人、つつましくも笑いあって暮らしていたのである。

「なのに、何のゆかりもない瓦版が、あることないこと書きたてたせいで……」

お紺はそこで、ふいに言葉を詰まらせた。

食あたりを出した料理人が何食わぬ顔で働き続けている店だと風聞がたち、客足が遠のいてしまっては、店も父に暇を出さぬわけにはいかなかった。悪い噂はどこまでも追いかけてくる。父は店をいくつか転々としたのち、仕事そのものを辞めてしまった。お紺には、父が生きる気力を失くしたように見えた。父は酒と博奕に溺れ、そしてある日、姿を消した。腰に妹を括りつけた遺骸が大川に浮いたのは、二日後のことだった。

お紺は瓦版が恨めしかった。きっと仕返しするのだと誓った胸に浮かんだのは、かつて同じ長屋に住んでいた、一人の読売りであった。けれど、その男はずいぶん前に越していて、どこにいるのか見当すらつかない。吉原へ売られてきた頃には、男を見つけだす望みなどすっかり絶たれたかと思われた。

あの読売りは、今日も涼しい声音を操り、何の落ち度もない人々の暮らしを打ち壊して廻っているのだろうか。お紺は玉来屋の黴《かび》臭い蒲団で雑魚寝《ざこね》しながら、毎夜、悔しさで身がねじ切れそうだった。

「だけども、ほんに吃驚《びっくり》しんしたよ。花を運んだ部屋で兄さんのその声と、紀六てえ名を聞いたときには」

　お紺の声は波立って、しまいのほうが震えていた。紀六はじっとしていても傾《かし》いでいく頭で、橋場町の料理人が出した食あたりのことを思い出そうとしていた。

　そういうことがあったような気もするし、なかったようにも思う。食あたりの瓦版など、数えあげたらきりがないほど売り歩いた。何処のどいつが何を喰わせたかといったことまで、いちいち気に留めていたわけではない。それに、お紺のいう瓦版は、紀六が読売りから足を洗ったあとに、撒かれたものかもしれなかった。

　気持ち悪さが胃のあたりからせり上がってきて、どろりとしたものをたて続けに幾度か吐いた。意識が少しずつかすんでいく。

　だが、これだけは揺るがぬという一点がある。

　――お紺を責めちゃならねえ。

　お紺の父についての瓦版を読み歩いたのか、それとも売ってはいないのか。紀六には、どうでもよかった。思い返そうと躍起になること自体、愚かしい気がした。

　お紺が見せた心尽くしの、どこからどこまでが真実だったのか、紀六に知る術はない。けれど、お紺とめぐり逢わなければ、誰かと真摯に向き合おうという心持ちに、二度となることはなかったろう。

　いま、紀六の心の中は見渡す限り平坦で、森閑《しんかん》としている。ひそひそと湧いてくるのは、愛憐《あいれん》の情ばかりである。

すべてを汲んでもらおうとは思わなかった。それでも、せめてひとこと、伝えさせてくれ。

「お紺」

しかし、口にしようとした名は声にならず、伸ばした手を宙に残して、紀六は漆黒の闇につつんのめっていた。

色男《いろおとこ》

中島　要

中島　要（なかじま・かなめ）
二〇〇八年に「素見」で小説宝石新人賞を受賞。著書に『刀圭』『ひやかし』『江戸の茶碗』『かりんとう侍』『うき世櫛』『酒が仇と思えども』『御徒の女』『神奈川宿　雷屋』、「六尺文治捕物控」「着物始末暦」「大江戸少女カゲキ団」シリーズなど。

一

世にある限り、等しく金の苦労はついて回る。

いや、富裕なる人は別だと言うかもしれないが、さにあらず。数多《あまた》の奉公人を使う主人《あるじ》は油断なく目を光らせ、更なる金儲けに苦心する。公儀を恐れる大名諸侯は言うに及ばず、ご老中田沼意次《たぬまおきつぐ》様ですら、打ち続く飢饉と諸式高騰に頭を悩ませているくらいだ。

まして売られた女郎の身では、寝ても覚めても金、金、金。

吉原《よしわら》では金の多寡《たか》で男の値打ちが決まるから、多少見栄えが悪くても山吹色の後光がさせば、天下の二枚目さながらだ。もっとも女の本音としては、さりとて小判と寝るわけでなし、「人三化七《にんさんばけしち》」の相手はつらい。とはいえ金払いがよくて様子がいい――なんて、なかなか世間にいるものじゃない。が、まったくないでもないわけで、田丸屋清右衛門《たまるやせいえもん》はそういう稀な存在だった。

日本橋通二丁目で醤油問屋を営むこの男は、扱う品をいち早く下《くだ》りものから銚子産《ちょうし》に切り替え、今では豪商のひとりに数えられている。あいにくちょいと背が低いが、目元の涼しげな色白の優男で、年だって働き盛りの四十前だ。しかも一年前、江戸町一丁目和泉屋《いずみや》抱えの花魁三橋《おいらんみつはし》が別の客に落籍《ひか》されてから、決まった馴染みを作らなかった。

そんな男から声がかかれば、女郎の心は浮き立つもの。江戸町二丁目の惣籬《そうまがき》、菱田屋《ひしだや》でお職《しょく》を張る朝霧《あさぎり》とて例外ではなかった。

（とにかく今夜が肝心ざんす。ここでしくじったら上客を逃すだけじゃおざんせん。朝霧はやはり三橋に及ばぬと吉原雀《すずめ》が騒ぎ立てんしょう）

初会《しょかい》に続いての登楼を「裏《うら》を返す」といい、三度目の登楼で「馴染み」と呼ばれる仲になる。そうなれば吉原中が二人を公認したようなもので、客もすぐには見限れない。

引手茶屋への花魁道中、いつにも増して贅を凝らした身ごしらえの朝霧はしっかり前方を見据えて外八文字《そとはちもんじ》を踏んでいた。

大きく結い上げた横兵庫《よこひょうご》の髪に、値の張る鼈甲《べっこう》の櫛が二枚と簪《かんざし》が十二本。黒の打掛の背には七色の鳳凰が大きく羽ばたき、亀甲柄の金糸の前帯はきらきらと光り輝いている。暮れ六ツ（午後六時）前の夕暮れ時、気合の入った眼つきで仲之町《なかのちょう》を練り歩く姿はまるで絵のように美しかった。

そんな艶姿《あですがた》に見入っている男たちは、よもや眼前の弁天様が俗な計算を巡らせているなど夢にも思わなかっただろう。

(田丸屋と馴染みになりゃあ、紋日《もんび》の仕舞《しまい》を気にせずすみぃす。近頃は常盤屋《ときわや》の旦那も青山の隠居もずいぶんしわくなりんした。どうで羽振りのいい客を捕まえにゃあ、菱田屋の呼出《よびだし》としてわっちの体面が保てんせん。禿《かむろ》や新造《しんぞ》たちにそろそろ七夕の衣装も誂《あつら》えねばならねぇし)

溜息を誘う絢爛《けんらん》な姿とは裏腹、今の御時世、朝霧のような最高級の女郎すら金の苦労がついて回る。なにしろ初手《しょて》から借金で縛られている上、衣食住のうちあてがわれるのは屋根ばかりだ。衣装や食事、蚊帳《かや》から炭の果てに至るまで全部自腹を切らねばならない。しかもつき従う禿や振袖新造たちの掛かりも姉女郎が背負わされるから、ちょっとやそっとの稼ぎでは追いつかないのが実情だった。

加えて節句ごとに衣装を新調し、月に何度か「紋日」もある。この日は揚げ代が二倍になる上、ひとりの客に買いきってもらう「仕舞」をつけるのが慣わしだ。

もし客に仕舞をつけてもらえなければ、女郎自身が自分を買って仕舞をつけることになる。それではちっとも借金が減らないから、女郎はなんとか紋日の約束を取り付けようとする。対して客は金のかかる日に来たくないので、なんのかんのと口実を作り逃れようと算段をする。

「ええ、憎らしい。ぬしはとんだ情なしざます」

「そう言われたって、こっちにも都合というもんがあらぁ」

「客が何人あろうと、わっちがほんに頼りとするはぬしひとりでありんすに。あぁ、見損なった、早まった。ならば田所町《たどころちょう》の栄《えい》どんに」

「なんだとっ、おめえあんな野郎に頼むってのか。冗談じゃねぇ、そんくれぇならおいらがくらぁっ」

「うれしいっ」

とはいえ閨《ねや》での約束事などおみくじよりも当てにならない。そこで女たちはせっせと文を書き、時には起請《きしょう》を取り交わし遮二無二《しゃにむに》金を工面する。

中にはそれを真に受けて、身上《しんしょう》をつぶす男もいる。すると金の切れ目が縁の切れ目と、女は文も寄越さなくなる。

それを非情と罵倒されればまず弁解もできないが、女郎にしたって大事なお客を失《な》くしたばかり。次なる馴染みを捕まえるべく、あれやこれやで忙しい。勤めの身では仕事が優先、仕方ないではないかいな。

ゆえに多くの善男善女が吉原を「悪所《あくしょ》」と呼び、訳知り顔で「女郎の誠と卵の四角はない」という。なるほどそうかもしれないが、ならばどうして吉原がある。気分次第か懐次第か、悪をなにゆえ買いに来る。そんな男の相手が勤め、どうして女郎が本気になれよう。

もっとも、どんなものにも上手《うわて》はいるもの。年季《ねん》が明けたら一緒になろうと甘い言葉でくどかれて、うっかり信じる女郎もいる。たったひとりに思い入れれば、他の客にはつれない道理。日がたつにつれ稼ぎが減って、ふと気が付けば間夫《まぶ》の足まで遠のく始末。あぁ、騙されたと思ったときは見る影もなく落ちぶれて、袖を引く手に力をこめても今更客は戻ってこない。

所詮吉原廓《くるわ》の恋は、金が咲かせる嘘の花。金が尽きれば散るのが運命《さだめ》。それを忘れて後悔するのは、客も女郎も同じこと。万にひとつで真実《まこと》が咲けば、嘘の花より手に負えない。金が尽きても散ることできず、思いあまって駆け落ち心中。ゆえに「惚れるは女郎の恥」と、女たちはよくよく肝に銘じていた。

（なに、田丸屋の旦那なら相手に不足はおざんせん。粋で知られたお大尽《だいじん》、わっちが落としてみせんしょう）

手前勝手な胸算用は腹にとどめてあごを引く。いざ合戦と意気込み高く、朝霧は目当ての引手茶屋に到着した。

二

「これは、これは。また一段と艶やかだな」

主役の到着を待つ間、座敷で幇間《ほうかん》や芸者をはべらせ酒を飲んでいた清右衛門が明るく声をかけてきた。

「あい、またぬしさんに会えると思ったら、わっちはもううれしくて」

「おや、ずいぶんとうれしがらせを言ってくれる」

「馴染みでもないのにどうしてうれしがらせを申しんしょう。意地悪なぬしさんでありんすこと」

座に着くなりたわいない駆け引きを始めた二人を芸者や幇間たちは愛想笑いで眺めている。今夜清右衛門が裏を返していることなど先刻承知、そしてどうにか三度目の登楼につなげようという花魁の思惑も察していた。

「旦那、わっしは朝霧花魁をよく存じておりやすが、張りの強いこのお人がここまで言うのは並じゃねぇ。よくよく旦那にほの字と見えやす」

「本当に。あれ、花魁の顔がほんのり赤くなって」

幇間や芸者はここぞとばかり朝霧の加勢を始めた。

大門《おおもん》で閉ざされた吉原の中には、八百屋もあれば菓子屋も湯屋もある。そこから一歩も出られない女たちが不自由なく生活できるようすべてが揃った町なのだ。俗に「遊女三千」などと言うが、吉原の人口はおよそ一万人。つまり倍以上の数の人間が女郎にすがって生活している計算だった。

だからこそ、ここではすべて女郎が優先。見世の若い衆は女郎の使い走りをし、吉原芸者は地味な衣装で座敷に出た。特に朝霧のような売れっ妓《こ》は何はさておき大事にされる。無論そこには、女郎に上客がつけば自分たちもおこぼれにあずかれるという周囲の魂胆もあった。

客とてそこはわかっていても、持ち上げられて悪い気はしない。幇間の物まねで座が盛り上がり、さてそろそろ菱田屋に移ろうかというとき、襖が開いて浮かぬ顔の女将《おかみ》が顔を出した。

「旦那様、お楽しみのところを誠に申し訳ありませんが、どうしても旦那様に会わせろというお客様が階下《した》に」

「誰だい」

「井出伊織《いいでいおり》様と名乗っておられますが」

恐縮しきりの女将が来客の名を口にしたとたん、上機嫌だった清右衛門の表情が険しくなった。

「追い返してくれと言いたいところだが、どうせあたしに会うまでは絶対帰らんと騒いでおるのだろう」

「はい、左様でございまして」

予想通りの答えを聞いて清右衛門は小さく溜息をついた。

「仕方がない。とんだ水入りで興ざめだが、花魁、先に見世に戻っていてくれ。無粋な客を追い返したら、あたしもすぐに菱田屋へ行こう」

苦笑いを浮かべて告げられたが、朝霧は承知しなかった。

「嫌でありんす。話の成り行きでは、ぬしが帰ってしまうかもしれんせん」

「心配いらないよ。第一用件はわかっている。すぐ済むさ」

「すぐ済むとおっせぇすなら、尚のこと。わっちもここで待っておりんす」

相手の顔をじっと見ながら、すねた口調で駄々をこねた。その胸中はかくの如し。

もしここで男が不愉快そうな顔を見せたら、馴染みとなるのは難しかろう。だが、この程度で気分を害するようなら、そこまでの縁。さてどれほど脈があるのか、確かめるにはいい機会。

頭の中ですばやく算盤《そろばん》をはじき（てこでも動くものか）という表情を見せると、清右衛門はあきれ顔になったものの、考える素振りを見せた。

「……そう、だな。その方が早く済むかもしれん。では、お前たちだけ下がってくれ」

そして幇間や芸者が下がったのちに、女将の案内で思いのほか年若い侍が座敷に通された。清右衛門は顔を見るなり、棘《とげ》のある口調で言い放つ。

「伊織様、いくら伯父甥の間柄でも、こんなところにまで押しかけて来られては迷惑でございます」

その一声にかしこまった態度を見せた若侍は、顔を上げて上座に座る朝霧に気付くと目を瞠《みは》った。いくら吉原でも花魁のいる座敷に案内されるとは思っていなかったのだろう。侮《あなど》られたと思ったのか、青白い顔に不機嫌が露《あらわ》になる。

「それはお詫びいたします。ですが伯父上、某《それがし》の用向きはご承知のはず。このような者を同席させてできる話ではございませぬ。下がらせてください」

「それは承知いたしかねます」

「なんと」

「手前はこの朝霧に会うため吉原まで来たのでございます。招かれざる客はあなた様のほうでしょう。花魁がいては話ができぬとおっしゃるなら、どうぞお引き取りください」

慇懃《いんぎん》な態度できっぱりと拒絶され、伊織は二の句が継げずに唇を噛む。成り行きで同席したものの状況の見えぬ朝霧は、険悪な二人のやりとりを黙って見つめているしかなかった。

話から察するに、この若侍は清右衛門の姉か妹が旗本にでも嫁いで生まれた子なのだろう。そう思って眺めれば、色白の顔や高い鼻梁が少し似ているかもしれない。

年は二十歳くらいだろうかと思ったとき、苦労知らずの生意気そうな顔つきが記憶の底の面影を呼び起こし、朝霧をビクッとさせた。

んか）

（馬鹿馬鹿しい。ここにいるのはお武家の若様、あの人とはまるで違うお人じゃおっせ

そんなことを思っていたら、無言でうつむいていた伊織がこちらを見た。朝霧がにこりともせずに見つめ返すと不快そうに眉を寄せ、それから決心したような面持ちで清右衛門に向き直る。

「ならば……恥を忍んでこのままお話しいたします。伯父上、すでに母がお願いいたしております通り。誠にあつかましいお願いだと重々承知しておりますが、何卒《なにとぞ》この伊織に三百両お貸し付けくだされ」

振り絞るような声を上げて伊織はその場に手をついたが、見下ろす男の眼差しは冷ややかだった。

「伊織様、三百両貸せと簡単におっしゃいますが、借りた金は必ず返さなければならぬのですよ」

「それは……無論、承知」

相手の語尾が弱くなったところへ清右衛門はたたみ掛けた。

「承知していらっしゃるのであれば、前回用立てた二百両、一文たりとも返済せずに新たな借金を申し込むとはどういうおつもりでございますか。手前は井出家に金を貸し付けたのであって、差し上げたわけではございませぬ」

「ですから、あつかましいお願いだと申しております。ですがお借りした金子《きんす》を返済するためにも、新たに金子が必要なのです」

青々とした月代《さかやき》に汗を浮かべ、言いにくそうに口ごもりながら伊織は必死で食い下がる。頬の辺りにまだ幼さが残る美青年の思いあぐねた様子は、見る人の同情心を誘うに足る風情があった。

だが、肝心の相手には何の効果もなかったようだ。気の利いた言い訳もできないのかと言わんばかりに、商人《あきんど》の視線は冷たさを増す。

「下々では『盗人《ぬすびと》に追い銭《せん》』などと申しましてな。手前も商人、これ以上損を承知で金を貸すのは御免でございます」

「伯父上、いやしくも旗本三百石、井出家の当主たる某を盗人呼ばわりされるのか。いくら身内の間柄でも、あまりに無礼でありましょう」

歯に衣着せぬ物言いに、若い伊織は血相を変えて腰を浮かせる。清右衛門は意地の悪い表情になった。

「侍だろうと甥だろうと、借りた金を返さなけりゃあ盗人も同然。そもそも最初の二百両だって、井出家の家禄の大半が札差に押さえられているのを承知で用立てたんじゃありませんか。それもこれも病でお役を辞した先代が亡くなり、跡を継いだお前様が無役のままでは気の毒と思えばこそ。その金で大番士となり、これからは職務に励み家名を上げるとおっしゃってからまだ一年でございますよ。そのこと、しかとご承知か」

初対面の女郎の前で内証《ないしょ》をこと細かく言い立てられ、伊織は屈辱に身体を強張《こわば》らせている。この御時世、何らかの理由で無役になった家の者が再び役職に就くのは容易ではなかった。無論無役であっても代々の家禄は支給されるが、諸式高騰の昨今、とてもそれだけでは家格に見合う暮らしを維持できないのが実情だ。

他の旗本同様、井出家もよほど切羽詰まっているのだろう。ややあって、伊織は清右衛門の視線を避けるように再び頭を下げた。

「伯父上の申し様、いちいち誠にごもっとも。なれど大番士など太平の世にあっては無用の長物。このままお役に励んだところで、一向に立身の機会には恵まれませぬ。実はこのたび幸いにも小普請組支配組頭のお役に空きができ、某を推してやろうとおっしゃる上役がおられるのです。無役の小普請組よりお役に就く者を推挙できる組頭は何かと実入りもよく、これがかなえば、伯父上に金子をお返しすることも可能になります。何卒、何卒身内のよしみで」

「聞けませぬな」

「伯父上」

「そのお役に就けば間違いなく返せるとおっしゃるなら、札差や高利貸しからお借りになればいい。小普請組支配組頭の役得がいかほどか存じませぬが、三百石のお前様に合わせて五百両の借金が返せるなど、手前はとうてい思えませぬ。もしどうしてもとおっしゃるなら、お貸ししている二百両、まずはお返しくださいまし。その上で更に百両つけて新たにお貸しいたしましょう」

痛いところをつかれたようで、伊織はもはや反論できない。すがるような顔つきで見上げる甥に清右衛門が最後の言葉を口にした。

「これ以上のお話はするだけ無駄でございます。どうぞお帰りください」

すると、伊織は恨みがましい視線を隣に座る朝霧に向けた。

「伯父上はそこな女郎に使う金はあっても、血のつながった妹の子に貸す金はないと言われるか」

さも汚らわしいと言わんばかりの吐き捨てるような口ぶりに、清右衛門が眉を寄せる。

「これは心外ですな。己の才覚で得た金をどう使おうと人の勝手。お前様にとやかく言われる筋合いはないというもの」

「某とて伯父上が手元不如意と申されるなら、恥を忍んでくどくどとお願いいたしませぬ。なれど、かような悪所で捨てる金があるならば、何ゆえ身内のために使うてはくださらぬのか。某の立身は井出家のみならず、母の実家《さと》である田丸屋の名誉にもなり申そう。それを何ゆえ……」

今夜はどうでも金を引き出す覚悟で来たらしい。若侍が勢いづいて更に言い立てよう

としたそのとき、

「ちょいと待ちなんし」

りんとした、女にしては低めの声が割って入った。

「女の身で男の話に口を出すなど野暮と承知しておりんすが、吉原で使う金を捨て金と言われちゃあ、とても黙っておれんせん」

細い眉尻をつり上げて朝霧が伊織を見据えると、若者の顔が赤くなった。

「なんだとっ。女郎風情の出る幕ではないわ」

「お侍様、吉原に来て女郎の出る幕がないなんぞ、通らぬ理屈でありんすえ。廓は女郎によって立つ城。外はどうあれ、吉原《なか》では女郎が主役でありんす。ここがこねぇに栄えるのも、女たちが客に精一杯尽くすからではありんせんか。だからこそ客も女をいとしく思い、日々の費《つい》えを節約してでも夜ごとここに通うというもの。お若いぬしにゃあわからぬも道理ざましょうが、そんなお人に捨て金と決め付けられちゃあ吉原女郎の面目が立ちんせん」

「う、うるさいっ。女郎など男をたぶらかす魔性に過ぎぬっ」

「ぬしはそうおっせぇすが、この吉原は東照権現様がお許しになった御免色里《ごめんいろざと》ざます。すりゃ、ご神君様もこの世に女郎が必要とお認めになっていた証拠ざんしょう」

「おのれっ、女郎の分際で軽々しくそのようなお名を口にするでない」

伊織は唾を飛ばし躍起になって言い返すが、劣勢は明らかだ。朝霧は清右衛門が面白がっているのを横目でうかがいつつ、ここぞとばかり言い切った。

「女郎ごときに説教される筋合いでないとおっせぇすなら、こねぇなところで金の無心をいたしんすな。ここの女は我が身を売って、家のため男のために金を作った者ばかり。無力な女すらそうして金を作るというに、大の男が身内に強請《ねだ》るばかりとは。ぬしはそれでも侍ざんすか」

「某を愚弄するかっ」

女郎にも劣ると言われ、頭に血が昇った伊織は立ち上がって身を乗り出す。その殺気だった表情に、様子を見守っていた禿や振袖新造たちは揃って息を呑む。ひとり朝霧はひたと相手を見つめたまま、ひるむことなく言い返した。

「やる気かえ。だがこの顔に手を上げりゃあ、たといお武家といえど、ただではすまぬと思いなんし。わっちも菱田屋の朝霧、馴染みは大名家のお歴々や大店の主人、その道中を一目見ようと大勢の人が押しかける惣籬の花魁でありんす。値千金のこの顔に傷でもつけてみなさんし。うちの親父様（楼主《ろうしゅ》）がぬしの屋敷に押しかけて、一体いかほど寄越せと言うか。まず三百両ぽっちじゃあ足りんせん。それをしかと承知と言うなら、さぁ、どうなと好きにしんなまし」

一歩も引かず言い切ると、伊織はぐっと言葉に詰まる。そしてやおら踵《きびす》を返し、足音もけたたましく座敷を出て行った。

「いや、お見事。さすがは張りの強さで知られた菱田屋の朝霧だ。なんとも見事な啖呵《たんか》だったよ」

禿や新造が詰めていた息を吐き出すと、満更《まんざら》でもない口ぶりで清右衛門は手を叩く。

朝霧は今までの表情とは一転、媚を含んだ顔つきで客に向き直った。

「いけずなことをおっせぇす。わっちはてっきりぬしさんがお困りと……差し出た真似でありんした。どうぞ許しておくんなんし」

「なに、おかげで助かったさ。あれの母親は親父の後添えが産んだ娘で、こっちとは腹違い。何の因果か旗本に見初《みそ》められ、わざわざ武家の養女にやって嫁に出したが運のつきだ。だいたい田丸屋が江戸で指折りの醤油問屋になったのは、全部あたしの手柄じゃないか。それをわずかばかりの血のつながりでいいようにあてにするとは。なるほど、女郎衆のほうがよほど立派というものだ」

「あれ、はずかしうおざんす」

しみじみと感心されて朝霧がうつむけば、新造たちもわっと声を上げた。

「さすが花魁、わっちは胸がすきんした」

「ほんにえ。今のお侍ときたら見場《みば》はずいぶん粋ざますのに、中身はとんだとんちきでおす」

「これ、いい加減におし。仮にもぬしさんのお身内でありんす」

黄色い声を上げる少女たちを急いでたしなめると、清右衛門は笑顔で首を振った。

「かまうものか。あんな生意気な甥に大事な金を貸すくらいなら、あたしはお前に貢《みつ》ぎたい。さてずいぶんと遅くなったが、今から菱田屋に行こうかね」

「あい」

腰を上げたお客を見て、禿が元気よく返事をした。

三

この一件ですっかり朝霧が気に入ったらしい清右衛門は、すぐに三度目の登楼を果たし、その後も足しげく通うようになった。もっとも伊織は伯父からの援助をあきらめていないようで、今も三日にあげず田丸屋にやって来るらしい。

「ええ、いめえましい。今の世の中、旗本なんざぁ態度のでかい穀《ごく》つぶしさ。この太平に何が直参《じきさん》だ。旗本八万騎、今更全部いなくなってもお江戸はびくともしねぇ。それに比べて、日本橋の旦那衆がみんないなくなったらどうなると思う。てぇした大事《おおごと》じゃねぇか。まったく、先祖の功名でどこまでただ飯食らう気だ。あたしなんざ大店に挟まれたちっぽけな店を額に汗して大きくしたんだ。奉公人に恨まれながら日々の費えを節約して商売を広げ、ようやく老舗にも負けない店構えにしたってぇのに。あのたかり野郎が」

秋の宵、清右衛門は酒が過ぎると口調が砕けて愚痴っぽくなる。そこで花魁付きの番頭新造が早めに床を勧めるのだが、今夜は少々遅かったようだ。閨に入ってもぶつぶつ言っている男に朝霧は吸い差しの煙管《きせる》を勧めた。

「あれまぁ、こねぇなところで無粋なこと。それほどうっとうしく思いんすなら、いっそ用立ててておやりなんし。その上でこれが最後と一筆取って、以後の出入りを差し止めりゃあよござんしょう。今の清様にとっちゃ、三百両などさしたる金でもござんすまい」

つい差し出がましい口をきくと、商人の顔に戻った客がめずらしくきつい眼差しを傍《かたわ》らに向けた。

「お前もわかっちゃいないねえ。あぁいうのはゴロツキと一緒なんだ。証文なんて紙屑程度にしか思っちゃいねぇ。いくら念書を書かせたところで、次の日からまた無心に来るだけさ」

「それぇに思っていなんすなら、なんで一度は貸しんした」

「そりゃお前、あそこがうちとは縁続きだってこたぁ知られてんだ。あんまり貧乏をされたんじゃ、さすがに外聞が悪かろう」

眉間に皺を寄せたまま煙を吐き出す顔が心底嫌そうで、朝霧は小さく笑った。

「おや、人が困っているのを見て笑うなんざ、性の悪い女だ」

「だって、清様にとっちゃ悩みの種でありんしょうが、わっちにとっちゃ福の神でござんすからねぇ。あの若様は」

「どういう意味だい」

「しれたこと。裏であの方が来てくんなましたからこそ、ぬしはわっちの馴染みになってくれんした。その後のたびたびの登楼も、若様という押し借りから逃げるためでござんしょう。あぁまで虚仮《こけ》にされたとあっちゃ、ここへは足が向きんすまい」

面と向かってずばりと言えば、頬杖をついていた男が苦笑いを浮かべた。

「そういうところがお前のいいところで、悪いところだ」

「おや、ぬしに限ってはそこが気に入りと思っていんした」

婀娜《あだ》っぽい笑みを浮かべながら、今度は自分のために煙管を咥《くわ》える。吐き出した煙の向こうに食えない男の顔が見えた。

「確かにあたしはしなだれかかるばかりの女より、気の強い頭の回る女が好みだ。女郎って奴は決まって色気と涙で無心をするが、べたべたじめじめしつっこくっていけねぇ。仮にも商売なら、ちったぁ相手を見てやり方を変えるがいい。お前や三橋はそのあたりを承知しているから上等さ」

あっさり言い捨てられたのは身も蓋もない台詞《せりふ》だったが、朝霧はにっこり笑って煙管を置く。

「当たり前でおす。わっちゃあこの菱田屋の呼出でありんすえ。そんじょそこらの女とは手管《てくだ》も口説きも違うておりんす」

そう言いながら男の手から煙管を奪い、代わりに口を押し付ける。湿った音をたててからゆっくり離すと、清右衛門が目を細めて笑った。

「なるほど、まったく大したものだ。こうなりゃ毎晩だって通いたいが、日本橋からはいかにも遠い。いっそ根引きしてしまおうか」

「また戯言《ざれごと》を」

「なんの本気さ」

軽くかわしたところを真顔で押し返されて、朝霧は本気で驚いた。

「三百両を貸すのが嫌さに千両で根引きなんぞ、とうてい勘定があいんせん。からかうのもたいがいにしなんし」

怒ったように言い返すと清右衛門がにやりと笑った。

「あたしにとっちゃごく当たり前の算盤だ。ただ安けりゃいいというのは素人の考えさ。あたしが下りものを商わないのは、銚子産に比べて高いからじゃあない。値段ほどうまかぁねぇからだ。江戸っ子は舌が肥えているから、安かろうまずかろうじゃ誰も見向きもしねぇ。下り酒のようにここいらの品じゃ到底及ばぬとくりゃ、今だって鰯《いわし》くせぇ銚子産なぞ扱うものか」

寝物語にいきなり商売の話をされて朝霧はとまどったが、男は気にするでもなく先を続けた。

「安い、高いはものによる。あたしにとっちゃあの若造に三百両の価値はないが、お前だったら千両出しても惜しくない。しかも成金田丸屋だとて、それだけ派手に金を使えばしばらく内証は厳しくなる。あの青二才がどれほど追いすがろうと、ない袖は振れないというわけだ。さてそこで相談だが――花魁、お前はあたしに落籍される気はあるのかい」

夢にも思わぬ問いかけに、すぐには言葉が出てこなかった。

身請けされれば夜ごと違う男に抱かれ、金の工面と将来の不安に頭を悩ますことはなくなる。しかも相手が豪商田丸屋ならば、何も言うことはないはずだ。本来なら降って湧いた僥倖《ぎょうこう》を喜ぶべきだったが、なぜか笑顔が作れなかった。

「おや、あまり乗り気じゃねぇようだ」

敵娼《あいかた》の顔色を読んだ清右衛門がからかうような声を出す。朝霧は胸にわだかまる思いを抑えつけ、強張った顔のまま口を尖らせた。

「……ぬしもそういうところがいいところであり、悪いところでありんす」

「なんだって」

「どうせ根引きしてくんなますなら、お前がおらねば夜も日も明けぬくらい言いなんし。すりゃ、わっちも大きな顔で吉原《なか》を出て行けんしょうに」

横目で睨《にら》んで腕をつねれば、男は大げさに痛がってみせる。

「おぉ、ひどい。こんな狂暴な女と知れれば、誰も根引きなんぞしねぇだろうよ」

「おとぼけを。どだいわっちは借金よけの番犬でありんしょう。怖いくらいでちょうどでありんす」

面白くなさそうに言ってそっぽを向くと、清右衛門の腕が伸びてきた。

「番犬か、妾か。さて、どっちの役によりたちそうか、確かめさせてもらおうか」

目を伏せ自らも腕を伸ばしながら、朝霧は裾を割る手に身を任せた。

それから数日後。「田丸屋が朝霧を落籍すらしい」という噂は、吉原中に広まっていた。壁に耳あり障子に目あり、どんな噂もすみやかに流れるのが色里の特徴である。

馴染みとなってまだ数ヶ月、名の知られたお大尽の執心ぶりに他の馴染みも慌てて通いだした。おかげで菱田屋はここ数年なかったほどの賑わいを見せ、今の朝霧は「吉原一」の呼び声が上がるほどだ。

ところが、肝心の花魁はどういうわけか元気がない。十月になって出したばかりの獅《し》噛火鉢《がみひばち》を所在なげにかき回し、ぼんやり灰を眺めている。禿や番頭新造は用を言いつけ追い払い、他の女たちは昼見世のため階下《した》にいる。人気《ひとけ》のない妓楼の二階は表を通る物売りの声ばかり響いていた。

（道中をする花魁となり、末はお大尽に身請けされる。これぞ吉原女郎の本懐だというに、何ゆえこうも沈んでおりぃす）

めったにひとりになることのない座敷で、朝霧は自分に問いかけていた。

本当は気の晴れない理由などわかっている。身請けを受ければ安泰かもしれないが、この身は死ぬまで金で縛られたままだ。一夜の契りと思えばこそ、いろんな男の相手をしてきた。もちろん田丸屋は見た目も甲斐性も飛び切りだ。別に嫌いなわけではない。けれど惚れてもいなかった。

（惚れた、腫《は》れたと本気で騒ぐは素人でおす。清様はこの身に千両の値打ちがあると言ってくんなました。それで十分ではありんせんか）

浮かない気分のまま視線を奥にめぐらせば、真新しい五つ組の夜具がこれ見よがしに置かれていた。もちろん田丸屋からの贈り物で、その値は五十両を下らない。このほか衣装に簪、さまざまな祝儀……煎じ詰めれば根引きが得とあの商人は思ったのだろう。

一方、女郎にとってもそれはありがたいことだった。

誰だって生きていれば年を取る。寄る年波で値が下がり、かつては売れっ妓だった花魁も今じゃ河岸《かし》見世の安女郎などざらな話だ。

ことに朝霧のような廓育ちの禿立ちは、年季が明けても大門の外では暮らせない者が多い。幼くして親に売られ、男の機嫌をとるためだけに育てられてきたため、炊事洗濯針仕事といった女の務めがまるで果たせず、まともな所帯がもてないからだ。

いくら茶の湯や和歌に通じ床上手であったとしても、日々のことができなければ普通に暮らせるはずがない。結局旦那に落籍されて、下女を使う妾になるのが大門を出る唯一の道である。花魁はうちのなかでは役立たず——口説くときだけ調子のいい男たちは、遊びと暮らしを区別していた。

（まったくどいつもこいつも。わっちらが好き好んでこうなったと思いなんすか）

己の来し方を思えば、したり顔でそんなことを言う男たちが恨めしくてならなかった。貧農の子として生まれ、六つで口減らしのため吉原に売られた。以来十七年、一度も会っていない親の面影はおぼろにかすみ、昔の自分が何をしゃべり、どうしていたかすら定かではない。

家を出るとき「お江戸に行けば腹いっぱい白い飯を食える」と言われたことだけ、鮮明に覚えている。なぜかというと、それが嘘っぱちだったからだ。客の食い残しには多くの禿や女郎が群がり、もたもたしていると食い損なう。それを遣手《やりて》に見つけられれば手ひどい折檻《せっかん》が待っていた。

当時、菱田屋の遣手はおのぶという痩せた五十近い女であった。鶏がらのような見た目のくせにびっくりするほど力が強く、ひっぱたかれた幼い禿は一間《けん》近く吹っ飛んだ。その上「顔を打って痕が残ると厄介だから」と、決まって頭を殴るのである。禿たちにとっては地獄の鬼よりおのぶのほうが恐ろしかった。

「いいかえ、お前たちの代わりはいくらもいるんだ。こりゃ物にならぬと思ったら、さっさと浄閑寺《じょうかんじ》に投げ込むよっ」

投げ込み寺として知られる浄閑寺は哀れな女郎の墓所である。仁王立ちで言い渡された言葉の意味は、幼心の骨身に沁みた。涙と空腹をこらえて回らぬ舌で廓言葉を学び、多少恰好がつくと花魁つきの禿となった。

そして習い事と姉女郎の世話に追われるうちに、人の顔色を読んでうまく立ち回るすべを覚えた。花魁の機嫌を取るため嘘を言い、ばれると別の子のせいにしたこともある。遣手に命じられ、花魁あての文の中身をこっそり伝えたこともあった。

それが卑劣だということは、幼いながらに承知はしていた。しかしそれでもなお、花魁に煙管ですねを打たれるのは嫌だった。遣手に飯を抜かれ、行灯《あんどん》部屋に閉じ込められるのは身震いするほど恐ろしかったのである。

ひたすら大人の機嫌をうかがい、言われたことを必死でやった。幸い丈夫に生まれつき大病もせず振袖新造となった頃、朝霧はようやく生き残ったと実感した。

禿立ちの高級女郎はたいてい地方の貧農の子だ。わずかな金で売られた少女が江戸の水で磨かれて、根引き千両の花魁になる。なんともたいした出世だが、その裏には数多の「物にならない」存在があった。

客を取る前に病気や折檻で死んでしまうのはいっそ幸い、治ったものの痕が残れば、暗がりに立つ夜鷹にでもなるしかない。また無事に成長しても期待ほどの容貌にならなかったり、芸事が上達しなかったりで、派手な道中突き出しができる花魁になるのはほんの一握りだ。

だからこそ大勢の供を引き連れて仲之町で呼出の披露目をしたときは、さすがに万感胸に迫った。たかが女郎の分際でいい気になるなと言われても、売られてそこまで辿り着けずに散った少女がどれほどいるか。それを「役立たず」と侮られては、花魁としての矜持《きょうじ》が許さない。

（この顔と身体は値千金。元手いらずのそこらの地女《しろうと》とは違うんざます）

所詮は売り物買い物と六つのときに定まった身だ。

今更別の生き方もなし、どこまでも高く売ってやる。

そんな思いを胸に抱き、二十三の今日までお職を張ってきた。だが、この先も勤め続ければ若い女郎に客を奪われ、肩身の狭い思いをするだろう。それを思えば今度の身請けは渡りに船の申し出なのに、過去に交わした約束が人知れず心に影を落とす。

（年季が明けたら所帯を持とうなんぞ……無理と承知の約束にこだわって、千載一遇の

好機を逃す気でありんすか。しっかりしなんし）

　くだらぬ感傷に引きずられている場合かと改めて身請けの利点を数えていると、廊下で小さな声がした。

「花魁、ちぃとよござんすか」

「かがりかえ。お入り」

　答えると、不安そうな顔の振袖新造が入ってきた。禿のころから面倒を見てきた妹分の冴えない表情にふと嫌な予感が込み上げる。

「なんえ、浮かぬ顔をして」

「あの……遣手のおたつどんが階下で言っておりぃしたが……花魁は、ほんに田丸屋の旦那に落籍されるのでありんすか」

　やはりそれかと思い当たって、朝霧は大きな溜息をついた。本来姉女郎の身請けは妹女郎にとって歓迎すべき事柄だが、かがりは禿だった頃にあの男にかわいがられていた。

「──だとすりゃ、なんでありんす」

　素知らぬ顔で受け流すと、可憐な唇から悲鳴のような声がもれた。

「花魁、そりゃあんまりでおす。二世《にせ》を誓った山崎屋《やまざきや》の若旦那がかわいそうじゃおっせんか」

　身に覚えのある名前を口にされれば、もはやうつむくしかなかった。

「そういえば……そねぇなお人もおりんしたなぁ」

煙草盆に手を伸ばし、あえて気のない返事をする。たちまちかがりの目尻に涙がわいた。

「さても冷たい言い様でおす。そも若旦那が勘当になったのは、花魁にたんと貢いだ挙句のことざましょう。吉原に戻ってきたのだって、少しでもそばにいたい一心。しかもまともに会えぬ身だからと、道中のたびに陰ながら見ておりんすのえ」

震える声で痛いところを責《せ》められて、とうとう朝霧も眉をつり上げた。

「いい加減にしなんし。わっちも女郎、客に何と言わりょうが了見しんすが、妹女郎なぞに責められる筋合いはありんせん。そねぇにあの男がかわいそうなら、ぬしが駆け落ちなと心中なとしてやんなまし」

カッとなって言葉をぶつけるとかがりは真っ赤になり、さっと振袖をひるがえして出ていった。静かになった座敷で再びひとりになったとたん、言いようのないバツの悪さがひたひたと胸にこみ上げてくる。

(あの口ぶりじゃ、今もあの人と会っているのでおざんすかねぇ。ひょっとしたら、惚れているやもしれんせん)

でなければ、あそこまでムキにならないだろう。後ろ盾である花魁の機嫌を損なうのは、妹分にとって何より避けたいことなのだ。

さも大儀そうに煙管を咥え、朝霧は白い煙とともに溜息をそっと吐き出した。

四

日本橋呉服町にある山崎屋は、数多の大名家を得意先に持つ老舗の呉服問屋である。四年前、そこの跡取り息子の伸太郎《しんたろう》は朝霧と深い仲になり、とうとう勘当の憂き目を見た。

もっとも、大店の若旦那がこうしたしくじりをするのはよくある話だ。こういう場合は通常改心を促すために、まず「内証勘当」をされた。これは役人に届けない口先だけの勘当で、親の言いつけを守って一年なり二年なり真面目に働けば、また元通り家に迎えられるというもの。

しかし山崎屋はよくよく息子を見限ったのか、その場で勘当帳に登録する「本勘当」を申し渡した。十八で廓通いを始めた伸太郎は、それまでにもさんざん出費を強いてきたというから無理もない。大店の跡取りから一転根無し草になってしまった男はその後行方が知れなかったが、この春吉原に舞い戻った。今じゃ「花園家《はなぞのや》月太郎《つきたろう》」を名乗るけちな幇間である。

そうと知って「大店の跡取りが男芸者になるなど、さてはよくよくのご決心」と感じ入る人もいたが、実のところはお座敷芸しかできないだけのこと。職人修業を始めるには年を取り過ぎているし、人足をするほど力もない。「遊びが過ぎて幇間へ」というのは、身を持ち崩した若旦那のよくある末路であった。

それに人というのは下世話だから、かつて上座で酌をされていた者が、逆に祝儀目当てで媚びへつらうと聞けば興味を持つ。中にはずいぶんと踏みつけにする客もいたらしいが、仲太郎、いや月太郎は明るくゴマをすっているらしい。だいたいそのくらいでなければ男芸者など務まるものではない。そんな噂を聞くにつけ、収まらないのは朝霧のほうだった。

(一度は吉原一の色男と言われたお人が好き好んで恥をさらして。これじゃわっちがとんだ傾城《けいせい》じゃありんせんか)

我が身のせいで落ちぶれた男を嘲笑うことができるほど情け知らずではない。幇間に身を落としてまで戻ってきたのはいっそ意趣返しかと思ったものだ。

初めて二人が出会ったのは、仲太郎が二十歳、朝霧が十八のとき。当時一番の馴染みだった近江屋の座敷で顔を合わせた若旦那はどんな女も意のままと思っていたらしく、自分の敵娼そっちのけで朝霧に声をかけて来た。

大事な馴染みへの義理だてもあったが、何より生意気な得意の鼻をへし折ってやる気になった。ろくろく返事もせず初老の近江屋にだけ愛嬌を振りまくと、世慣れぬ若旦那はあからさまにムッとなった。

結果、翌日から引手茶屋を通して強引な指名がかかったが、そう出られればこっちも意地だ。つれない素振りは女郎の手管と思われては癪だった。

金のかかる惣籬の花魁を揚げる客は壮年以上が多いから、若くて二枚目の仲太郎は確かにもてるだろう。とはいえ所詮は部屋住み、一文たりとて稼いでいない身の上だ。

(親の金で遊んでいる青二才の機嫌など誰が取るものか)と三月《みつき》ばかり振り通したが、最後は茶屋の主人に拝み倒され、しぶしぶ座敷に出ることになった。

しかし初会の席上、どうにも面白くない朝霧は面と向かって言ってしまったのだ。

――そねぇに色男を気取りたくば、己の甲斐性で遊んでみなんし。わっちも金で抱かれる身、その有難みを知らぬようではとても相手は務まりんせん。

女郎のとんでもない暴言に、仲太郎は顔を真っ赤にしてすぐさま席を立った。周囲のものは言葉もなく凍りつき、さすがの朝霧も楼主の折檻を覚悟した。ところが派手に振られた若旦那が翌日裏を返したため、初会の行為は不問にされた。

そうなれば再び断ることなどできず、三度目の晩。そっぽを向いて床に入った朝霧に、仲太郎はぽつりぽつりと打ち明け話を始めた。

なるほど、花魁の言うのはもっともだ。しかし情けない限りだが、自分には商売の才がないらしい。十六のときから父の手ほどきで仕入れの目利きや、見立てなどもしてみたけれど、何をやっても失敗ばかり。とうとうお前は何もしなくていいと溜息をつかれ、店にも出るなと言われる始末だ。

山崎屋ほどの身代なら、主人が役立たずでも番頭や手代が店を切り盛りしてくれる。とはいえ「若旦那、お任せください」という陰で、こっちを馬鹿にしていやがるのが透けて見えるからたまらない。それがどうにも悔しくて、気がつけば吉原《なか》に足が向いた。日本橋では出来損ないの若旦那も、ここでは人並み以上に扱われるのがうれしくて、いつしか調子に乗っていた。お前のようなしっかり者にはさぞかし滑稽に見えたろう。

床の中でうつむきがちに告げられて、正直言って面食らった。誰より恵まれているはずの若旦那がまさかこんな鬱屈を抱えているとは思わなかった。

いや、こちらこそ言いすぎた、堪忍してくんなましと手を取って見つめれば、自然二人の顔が重なる。以来仲太郎は一途に朝霧の元に通いつめるようになり、二人揃って本気になったのが災難の始まりだった。

もっとも昨日今日の勤めではなし、朝霧は途中精一杯分別を働かせたのだ。居続けを決め込む若旦那に迎えが来るたび、「どうかお帰りなんし」と熱心に勧めた。

二六時中吉原に入りびたりでは奉公人に示しがつかない。たとえお飾りの若旦那と言われようとも、今はとにかく親に従い家業を学んだほうがいい。離れがたい気持ちを抑え、何度そうやって諭したことか。

だが、苦労知らずの坊ちゃんはこちらの言葉に従わなかった。「その間にお前が他の客を取るのは我慢ならぬ」と動こうとしない。重ねて言えば、「さては他に間夫ができたか」と眦《まなじり》をつりあげ詰め寄る始末だ。

さすがの朝霧もそこまで言われてはどうしようもなかった。それに仲太郎が帰ってしまえば、他の客を取らねばならない。これまでさんざんしてきたことが、本気の男ができたばかりに耐え難いことのように感じられた。勢い「それじゃ明日こそ」で終わってしまい、迎えの者には女郎の手管としか見えなかったろう。

そんな日々が続いたら、引手茶屋への払いは恐ろしい額になる。支払いを求める茶屋の使いを、山崎屋は「息子が帰らぬ限り一文も払わぬ」と追い返した。日頃のえびす顔を真っ青にした主人に泣きつかれ、とうとう仲太郎は家に帰ることになった。そのとき朝霧にこう言ったのだ。

――たとえ勘当されても、おれはお前と一緒になりたい。ただしそうなれば所帯を持てるのは年季明けだ。おれは腹をくくったが、お前はそれでもかまわないか。

じっと目を見てここまで言われ、うれしく思わぬ女はいない。言葉もなくただ頷いて涙ながらに見送った。その後、仲太郎が座敷牢に閉じ込められたと人づてに聞いたときは、己の立場がどれほど恨めしかったことか。男を思って眠れぬ夜を過ごしていると、山崎屋の内儀から「愛想尽かしをしてやって欲しい」という文がひそかに届けられた。

どうやら若旦那は頑として「朝霧とは別れぬ」と言い張っているらしく、このままでは本勘当になりかねない雲行きらしい。山崎屋は総領以外に男子はなく、もし仲太郎が勘当されれば養子を取るしか道はない。それは親として、何とか避けたいという思いなのだろう。

——少しでも息子を哀れに思う気持ちがおわしませば、何卒そなた様から縁切りしていただきたく、伏してお願い申し上げ候。

いかにも大店の内儀らしいかしこまった文を読んだとき、朝霧の中を矛盾したさまざまな思いが駆け巡った。

自分への思いを一途に貫こうとしている男へのいとしさと、自分が苦しめていることへの申し訳なさ。二人を引き裂こうとする親への怒りと、親ならば無理もないというあきらめ。自分が身を引けばすべては収まるという理性と、どうしても別れたくないという感情。

坊ちゃん育ちで根が単純な仲太郎のこと、愛想尽かしの文を見れば、それが朝霧の本心と真に受けるかもしれなかった。きっと性悪女郎に騙されたとひとり合点し、すべてを忘れて家を継ぐのだろう。そして親の眼鏡に適った嫁をもらい、人より恵まれた人生を送るのかもしれない。

しかし、

（……わっちは、どうなるんでありぃす……）

不意に叫びだしたいような衝動に駆られ、手の中の文を握りつぶした。

惚れた男のため心にもない愛想尽かしをした挙句、男は自分を忘れて幸せになり、この身ひとつが好きでもない男に抱かれ続けるのか。もし惚れるということが相手の幸せを願うことなら、心中する男女などこの世にいないはずではないか。

そのとき朝霧は、生まれてはじめての恋に溺れていた。勘当になればどうなるかなどすっかり頭から抜け落ち、（誰にも渡すものか）と思いつめた。

（あの人は、わっちさえいればそれでいいとおっせぇした……勘当されても、この思いは通すからと……）

惚れた男を見す見す不幸にするつもりかという理性の声を振り切って、最後まで文は書かなかった。その後山崎屋は総領息子を勘当し、分家から養子を取ることになった。

二人が出会ってからちょうど一年後のことだった。

女のためにすべてを捨てた男の純愛——木挽町《こびきちょう》あたりなら乙な芝居狂言だが、なに吉原ではよくある話。「山崎屋の若旦那も馬鹿なことをしたもんだ」とみな口々に言い合ったが、無論敵娼を非難はしない。それが女郎の勤めと承知しているからだ。

こうして実家を追われた仲太郎は江戸から姿を消した。やれ、上方の親戚に預けられたに違いないだの、いや自棄《やけ》を起こして今頃は……だの、吉原雀はとかく無責任な噂を流す。大門の中で男の行方など確かめようのない朝霧は、ことの成り行きに心底後悔したがもう遅い。と同時に（こんな思いをするくらいなら、二度と惚れたりするものか）と固く心に誓ったのだ。

以来嘘の口説きに磨きをかけて、菱田屋のお職として「張りの強さで並ぶ者なし」と評判を取るまでになった。のぼせた客が身代を傾かせる前に、こっちのほうから手ひどく袖にする。もちろん嫌というほど恨まれるが、ほとぼりが冷めれば「むしろ幸い」と本人も身内もありがたがる。朝霧にしても本気ではない客を振るなど造作もないことだ。そんな日々を送るうち、いつか忘れたはずだったのに。

姿を消して四年後、突然伸太郎が男芸者として吉原に戻ってきた。その身の無事を知って喜んだのも束の間、朝霧は何も言って寄越さない男の気持ちを疑い出した。

かつての関わりから幇間として菱田屋に出入りはできなかろうが、同じ大門の内ではないか。その気になれば文なり使いなり寄越せるはず。それが梨のつぶてとは、もはや末を誓った女郎のことなど覚えていないということか。

そう思い至れば、こちらから真意を問いただす気にはどうしてもなれなかった。客が忘れた約束を後生大事にしてきたなんて、死んでも知られたくはなかった。

あれから四年、どこでどうしていたものか。勘当されてからの日々は苦労知らずの身にさだめしつらかったことだろう。そも幇間の真似事なんぞ、男の意地が残っていたらとてもできるものではない。過去も誇りも消え失せて、今では己の口を養うのが精一杯に違いない。

（わっちが二世を誓ったのは山崎屋の伸太郎さんでおした。花園家月太郎などというしけた幇間じゃありんせん）

何度も自身に言い聞かせ、しつこい未練をねじ伏せてきた。それでも気が付けば人の話に耳をそばだて、どうしているかと気になった。現にかがりのさっきの言葉に、（ならば今でも）と馬鹿な思いが頭をもたげる。

（あの子のこと、きっとすぐにも身請け話を伝えに行きんしょう。その上で何の音沙汰もなけりゃあ、とうに思い切ったということざます）

きっと文は来ないだろうと思いながら、どこかで期待している自分にほとほと嫌気が差してくる。昔の約束を盾に「身請けを断れ」と迫られたところで、困るのはこっちではないか。容姿、身代、人柄——身請けの相手として田丸屋に勝る男はいない。断ればこの先後悔するのは火を見るより明らかだし、何より楼主が黙っていまい。

「本気の恋は女郎の不覚、今更人に告げられぬ」

ひとり小さく呟いて、朝霧は気だるげに立ち上がった。今夜もまた田丸屋を迎えに道中をしなければならない。そろそろ支度をしなければと思ったとき、折りよく番頭新造の声がした。

五

「朝霧、田丸屋の旦那の身請けのことだがね」

師走も近くなった日の午後、内所《ないしょ》に呼ばれた朝霧は真剣な表情で切り出された。

「なにしろ全盛のお前を根引きしようと言うんだ。他の馴染み客のこともあるってんで、来年の秋頃ということで話を進めたいと思っている。無論異存はないだろうね」

二重あごを撫でながら一応と言わんばかりに念を押され、朝霧は一瞬返事に詰まった。だが頭が答えを出す前に、口が勝手に動いていた。

「あい、もったいないことでありぃす」

「お前も来たばかりの頃はとんだ山出しでどうなることかと思ったが、さすが久兵衛《きゅうべえ》は目が高い。いや、いい買物をさせてもらった」

身請けにからんで手に入る金を計算したのか、楼主の顔に隠しきれないうれしさがにじむ。本人ではなく目をつけた女衒《ぜげん》をたたえる男の目には、女郎など人として映っていないに違いなかった。

とたんにその先を聞くのが嫌になり、朝霧はさっさと座敷に戻った。正式に話をされたのはたった今だが、すでに身請けは周知の事実だ。師走に入れば商家はてんてこ舞いだから、詳しいことは年が明けてからだろう。

「花魁、親父様はなんと」

「もちろん田丸屋の旦那のことでありんしょう」

口々に話しかけてくる禿や振袖新造に黙って頷くと、少女たちは得意そうな笑みを浮かべた。そしてすぐに心配そうな顔になる。

「そねぇにすぐではないのでおざんしょう？」

「わっちも花魁についていきてぇ」

姉女郎の幸せはうれしいが、その後の我が身が心配らしい。不安を訴える少女たちに朝霧は笑って言った。

「何も心配いりんせん。他の馴染みへの挨拶やら、根引きの披露やら、半年以上かかりんす。ぬしたちのことは親父様がちゃんと考えていなんすから、安心しなんし」

「花魁、正月の衣装はいつできるのでおすか」

「どうぞ新しい簪を買っておくんなんし」

これから続く華やかな行事に思いを馳せ、にぎやかに騒ぐ少女たちとは反対に、かがりはひとり不満そうな表情でこちらを見つめている。それがひどく気になって、番頭新造の話はほとんど耳に入らなかった。上の空で頷きつつ、心の中でつい妹女郎に言い訳をしてしまう。

女郎の身請けには本人と親、そして楼主の承諾がいる。だが身請けには、前借の他にこれから稼ぐはずの金も合わせて支払われるのだ。楼主や親たちがこれを歓迎しないはずはなく、無理に断ったところでいいことなどひとつもない。

（それに……あの人も最後まで知らぬ顔ではありんせんか。性悪女郎の身請けなど、今更どうでもよいのでおす）

改めてそう思えば、知らず自嘲めいた笑みが浮かんだ。

そしてその日の暮れ六ツ前、いつものように仲之町を道中していた朝霧は思いがけない事件に遭遇した。

「覚悟しやがれっ」

ゆっくりと外八文字を踏んでいたところへ、見物人の中から二人のゴロツキが匕首《あいくち》をかざし飛び出してきたのだ。金棒引きはなんとかひとりをかわしたものの、提灯持ちは腕を斬られてその場に転がる。禿や振袖新造は悲鳴を上げてしゃがみこんでしまい、両側の見物人たちは「花魁危ねぇっ」と叫びはするが、手をこまねいて見守るばかりだ。

（斬られる）

高い駒下駄に重たい衣装の朝霧はとっさに動くことなどできない。なす術《すべ》もなく立ちすくみ、振り上げられた刃が暗くかすむ夕暮れの空にきらめくのを見上げるばかりだった。瞬《まばた》きひとつできぬまま、意地でも取り乱すまいと強く唇を噛もうとしたとき、

「おれの朝霧になにしやがる」

「こいつ、邪魔するなっ」

聞き覚えのある声と共に目の前の身体が大きくふらついたのを見て、朝霧はようやく身じろいだ。急いで視線をめぐらせば、ゴロツキの腰には豆絞りの手ぬぐいで顔を隠した男がしがみついている。

(どうして、ぬしが……)

驚きのあまり目を見開き、声を上げようとしたその瞬間、

「この野郎っ、ふざけやがって」

「朝霧花魁の道中に切り込むたぁ、どういう了見だっ」

もうひとりの男を押さえつけた金棒引きと駆けつけた若い衆によって、ゴロツキは捕えられて匕首を取り上げられた。すかさずワッとばかりに歓声が沸き起こる。

「いやはや、花魁が無事でよかったねぇ」

「とんだ馬鹿もいたもんだ」

「ところであの男は何もんなんだ」

「さすがは張りの強さで知られた花魁じゃないか。悲鳴ひとつ上げないなんて気丈なもんだ」

「花魁、大丈夫でありんすか」

「すまねぇ、おいらとしたことが」

一斉に上がった声の中心にいた朝霧は、誰が何を言っているのかまるでわからない。耳を覆いたいほどの喧騒の中、あっと思ったときには豆絞りの男は姿を消していた。その後若い衆に守られて引手茶屋まで向かったものの、「そんな目にあったんじゃ、座敷どころではなかろう」という客の配慮で菱田屋に戻された。

「いやはや、まったくとんだ目にあったね。だがお前に何事もなくてよかったよ」

出迎えた楼主は安堵の溜息をつき、「提灯持ちはたいした怪我じゃない」と思い出したように付け加えた。さすがに今夜ばかりは客が帰ったことへの文句はなく、すぐに自分の座敷へ下がることが許された。

「花魁、ほんにようござんした。わっちは今でも震えが止まりんせん」

「あのときのちどりの悲鳴ときたら。わっちはそれで腰が抜けんしたえ」

「しおり姐さんこそ、花魁の陰に隠れんしたくせに」

降って湧いた災難は、去ってしまえば笑い話だ。声高に人の様子を言い合う妹女郎の中で、かがりだけが低い声で話しかけてきた。

「花魁、さっきの……」

「わっちは疲れんした。ちぃとひとりにしておくんなんし」

言葉をさえぎり命じれば、みな一斉に口を閉ざして座敷を出ていく。やっとの思いでひとりになると、火鉢の火も熾《おこ》さぬまま朝霧はへなへなと崩れ落ちた。そして震える両手で自分の口をふさぎ、声を殺して泣き始める。

誰もが動けなかったあの瞬間、我が身の危険を顧みず丸腰で飛び出してきたあの男。顔こそ手ぬぐいで隠れていたが――あの声、あの身体つき、着ている物は昔とまるで違っていたが――あれは、間違いなく仲太郎だ。どれほど月日を経ようとも、たったひとりと惚れた男だ。どうして見間違うはずがある。

（なんで今更……ぬしを裏切り他の男に落籍されようとしている女郎など、放っておいてておくんなんし……）

数年ぶりに聞いた声は耳の底に焼きついて、死すら覚悟した心を揺さぶった。日頃の気丈さはどこへやら、涙が後から湧いて出る。

てっきり恨まれていると思っていた。大店の跡継ぎの座をふいにさせた挙句、別の男のものになろうというのだ。

もし自分が仲太郎の立場なら、刺されるところを黙って見ていたに違いない。いっそいい気味だとすら思っただろう。それなのに、

（まだ……おれの……朝霧と、おっせぇすのか……）

嬉し涙か、悔し涙か、もはや訳がわからなかった。

そんなに思っていてくれるなら、どうして今まで放っておいた。もっと早くその気持

ちがわかっていれば、いくら相手が田丸屋でもやすやすと承知しなかった。そう思うと助けられたことさえ憎らしい。

（どうして……どうして……）

やり場のない思いはどこまでも渦を巻き、ふさぎこんだ朝霧は客の前に出なくなってしまった。周囲は「さすがの花魁も襲われたのがよほどこたえたに違いない」と口々に言い合うばかり。

そして師走も半ばを過ぎたある晩、清右衛門がわざわざ見舞いにやってきた。

「今回は災難だったね。いや、本当はもっと早く来るつもりだったんだが、なにしろこちらも忙しくてね」

すぐ帰るという客の希望で朝霧は二人きりで向かい合う。しばらくぶりの逢瀬だったが、あいにく心は弾まなかった。

「お忙しいところ御心配をおかけして申し訳ありんせん。あの件があってから、すっかり意気地がなくなりんして」

取り繕うような笑みを浮かべると、男はじっと顔をのぞき込んできた。

「いや、いきなり道中を襲われては怖くなって当然だ。実はそのことで、あたしはお前に謝ろうと思って来たんだよ」

「はて、なんで清様が」

怪訝《けげん》そうな顔をした朝霧に語られた内容は、まったくとんでもないものだった。

田丸屋の甥、井出伊織は千両の身請け話を知っても、伯父から金を引き出すことをあきらめなかったらしい。そして暮れの払いを前にいよいよ切羽詰まり、「あの女さえいなければ伯父から金を引き出せる」と、ゴロツキを雇って道中を襲わせたのだ。捕まった男たちの証言から目付の調べを受けた伊織は、そのおそまつな事情を洗いざらい白状したという。

――なに、所詮は女郎、殺さずとも顔に傷がつけばよいと念を押し申した。それで伯父も愛想を尽かすはず。決して殺せとは命じておりませぬ。

厚顔にも繰り返しそう申し開きをしたらしい。

「あまりの馬鹿さ加減に開いた口がふさがらないが、腹違いとはいえ妹の子だ。それに伊織の名が出れば、田丸屋の暖簾にも傷がつく。幸い怪我をしたのは提灯持ちひとりだし、あちこち手を回してゴロツキどもが勝手にやったことでケリをつけた。だが、お前には一言詫びなければと思ってね」

すまなかったと頭を下げられ、朝霧は慌てて身を乗り出す。

「やめておくんなんし。わっちはこうして無事でありんす。清様が気にすることではおざんせん」

言われて顔を上げた清右衛門は、「あともうひとつ、言うことがある」と続けた。

「何でありんしょう」

「襲われたとき、お前を助けようと飛び出してきた男がいたそうじゃないか」

瞬間、面やつれした白い顔から更に血の気が引いた。

「噂じゃ、おれの朝霧になにをすると啖呵を切ったそうだな。そいつはお前の情夫《いろ》なのかい」

問われて怯《おび》えるような表情を浮かべてしまったのだろう。田丸屋はことさら優しげに微笑んでみせた。

「おいおい、そんな顔をするもんじゃない。そいつのおかげでお前は無事、うちだって大いに助かったんだ。女郎に情夫がいることくらいこっちも最初《はな》から承知だよ。だが、わかっているだろうね。早いところ別れてもらわないと」

それは根引きをしようとする男としてごく当然の要求だった。早く頷けと頭の中で理性が金切り声を上げている。

ところが実際には、じっと男を見返しているだけだった。次第に自分を見つめる男の姿がにじみ始め、辺りがだんだんぼやけだす。瞬きをすればすべてが壊れてしまう気がして、大きな目をことさら見開くことしかできなかった。

「……お前でも……そんな泣き方をするんだな」

ややあって溜息交じりにそう言われ、ようやく朝霧は人前で泣いていることを自覚した。

　情夫と別れろと言われて泣いたりしたら、嫌だと言っているようではないか。いくら清右衛門でもさすがに気を悪くしただろう。早く泣きやまなければと思うのに、どうしてか涙が止まらない。せめて言い訳をしようとしても、しゃくりあげるばかりで言葉にならない。

　張りの強さで知られた花魁が子供のように泣く様子が面白かったのか、とうとう男が噴き出すように笑い出した。

「天下の朝霧花魁をここまで泣かすなんざぁ、さすがは山崎屋の仲太郎だ。幇間になってもどうで大した色男じゃないか」

　口に出された名前を聞いて、驚きのあまり涙が止まった。

「清様、どうして……」

「図星だろう。丸腰で飛び出した男のことを聞いて、きっと奴に違いないと思っていたのさ。だいたいあたしがお前に興味を持ったきっかけは、あの野郎だったからね」

　さばさばした口調で言い放つと、清右衛門は仲太郎との関わりを話し始めた。

　商うものが違っても同じ日本橋に店を持つ者同士、何かと顔は合わせるし、噂だって耳に入る。身代を継いだばかりの頃、田丸屋を少しでも大きくしようと必死で駆け回っていた清右衛門にとって、一回り下の仲太郎が派手に遊んでいる姿はどれほど癪に障《さわ》ったか。とうとう勘当されたと聞いたときは、自業自得だと笑ったものだ。

だから、花園家月太郎として舞い戻ったことを知って、座敷に呼んでみる気になった。あまりいい趣味ではないと我ながら思ったが、すっかり成り上がった今、元は格上の若旦那に酌をさせてみたくなった。

もしかしたらむこうが嫌がるかもしれないと思ったけれど、けろっとした顔で現われたので拍子抜けしたくらいだ。進んで酌をして回り、言われる前から尻《しり》っ端《ぱしょ》折りで踊ってみせる。その様子があんまり飄々《ひょうひょう》としているのでかえってムキになってしまい、おためごかしに嫌味を言った。

——仲太郎さんも馬鹿なことをしたもんだ。女郎なんぞに入れあげて山崎屋の大身代を棒に振るなんて。あんなことさえなけりゃ、お前さんは一生苦労知らずの左団扇《うちわ》で暮らせたものを。

さも同情するような口ぶりで告げると、幇間になった男は苦笑めいた表情でこう言った。

——田丸屋さんのような才覚があれば商人もよいでしょうが、手前のようなぼんくらは主人の器ではございません。こうして座敷で笑いを取るのが分相応と承知しております。幸い勘当されたおかげで身軽になり、今は己の食い扶持を稼ぐばかりの身となりました。あとは年季明けに惚れた女と所帯を持てれば、何も言うことはございません。

その言い方が負け惜しみに聞こえなかったので、ますます面白くなくなった。「それじゃその女が落籍されたらどうする」と尋ねれば、すかさずこんな言葉が返ってきた。

――手前はさんざん好き勝手をした挙句の幇間稼業でございますが、女はそうじゃありません。幼いときに親に売られ、否応なしに客を取らされ苦界に生きてきたのです。きっと所帯を持とうと誓いはしましたが、身を売る暮らしはさぞかしつらいことでしょう。どこぞの旦那に身請けをされて一日でも早く足を洗えるなら、いっそ幸いと思っております。

きっぱりと言い切った顔は毅然としていて、清右衛門は虚仮にするつもりが虚仮にされたような気になった。あの甘ったれた若造をこうまで変えた女が気になって、後日朝霧を呼んだのだという。

「会ってみて、お前を気に入ったのは本当さ。だが千両出しても身請けしようとしたのは、伸太郎への嫌がらせも混じってた。こっちは落ちぶれたみじめったらしい男を期待して座敷に呼んだのに、昔よりよほどいい男になってるなんざ幇間の風上にもおけないよ。そう思わないかい」

「あの人が……そんなことを……」

信じられないと呟くと、田丸屋は小さく笑った。

「金が命の成金が、つまらねぇ意地で慣れない散財をしようとするから馬鹿を見る。それにあたしは張りの強い花魁に惚れたんだ。昔の男を思い切れずにぴぃぴぃ泣かれちゃ興ざめだ。身請け前にお前の性根がわかってよかったよ」

清右衛門はそう言って立ち上がると真っ直ぐ内所に向かい、身請けの取りやめを告げて帰っていった。

突然の話に楼主はすっかり取り乱し朝霧の座敷に駆け込んできたものの、泣き濡れた姿を見て黙り込む。しばし呆然と立ちすくんでいたが、我に返ると勢いよく文句をぶちまけ出した。

「藪から棒に何だってんだ。これ以上身内で揉めたくないから身請けは出来ない、当分吉原《なか》にも通えないなんて、よくもまぁぬけぬけと。これだから成り上がりの商人は信用がならないんだ。あぁ、まったく腹の立つっ」

怒り狂った口ぶりから察するに、清右衛門は伊織のことを口実に身請け話を流したようだ。楼主とてこのまま引き下がりはしないだろうが、百両も迷惑料としてせしめるのがせいぜいだろう。それは同時に朝霧の痛手でもあった。

これからも女郎を続けなければならないのに、頼りとする一番の馴染みを失ってしまったのだから。年が変われば、また金の工面に苦労する日々がやってくる。それを思うと今から頭が痛かったが、心は不思議と温かかった。

ひょっとしたら、万にひとつの真実の花を咲かせることができるかもしれない。金と涙が尽き果てて尚、人知れず咲く小さな花を。

そんな物思いにふけるうち、階下から引け四ツ（午前零時）の柝《き》が聞こえてきた。

吉原水鏡

南原幹雄

南原幹雄（なんばら・みきお）
一九三八年東京生まれ。七三年に『女絵地獄』で小説現代新人賞、八一年に『闇と影の百年戦争』で吉川英治文学新人賞、九七年に『銭五の海』で日本文芸大賞を受賞。著書に『王城の忍者』『謀将 直江兼続』『謀将 北条早雲』『江戸おんな八景』『吉原芸者心中』、「付き馬屋おえん」シリーズなど多数。

一

師走《しわす》に入って、世間はいちばん忙しい月をむかえた。

吉原でもこの月は、大掃除、年の市、餅《もち》つき、狐舞い、大晦日《おおみそか》などと諸行事にあわただしい。遊客もこの時期はこころせくのか、切りあげが早い。こころゆくまでゆっくりあそんでいく客がすくない。

京町一丁目の大見世《おおみせ》〈花田屋〉が妙なにぎわいを見せたのは、大掃除の翌日である。夜見世《よるみせ》のすががきが鳴りだす前から、噂を聞きつけた客が三々五々花田屋にあがってきた。客の誰もが卑猥《ひわい》な興味を顔にあらわしている。にやにやわらっている者もあれば、ことさらに大声をだす照れかくしの者もいる。

彼等がめざすところは、階段をあがった大廊下の取っつきである。

遊女、客など人通りのいちばん多いところに、何とも奇妙な光景が見られる。櫛《くし》、前差し、後差《うしろざ》しをぬかれたおいらんが三枚がさねの仕掛け、緋縮緬《ひぢりめん》の腰巻を腰の上までたくしあげ、盥《たらい》をまたいでしゃがんでいる。文字どおり腰から下はおおうもののない素っぽんぽんだ。廁で用をたしている姿をみなにさらしているのである。

客がその前にたむろしているのは当然である。おいらんがまたいでいる盥にはなみなみと水が張ってある。つまり女のあそこは水面に丸うつしになっている。

「ははあ、女のあそこはこんな景色になっているのか。おれは今まで知らなかったぜ」

「上から見たんじゃわからねえが、裏から見ると、じつによくわかる。何とも得体の知れぬものだな」

今二人の男が水面をのぞきこんで感心している最中だ。

水面には白い股間から割れて見える秘所と黒い繁みが赤い腰巻とともにあざやかにうつって見える。

おいらんは今にも消え入りたいような恥じらいぶりだが、身うごきをすることは許されないのだ。つまりこれは不始末をしたおいらんへの刑罰である。

遊女屋には遊女、新造《しんぞ》、カムロなどへの罰がいろいろさだめてあり、叩《たた》き、鞭打《むちう》ち、柱しばり、食断ち、水責め、蚊責め、吊るし責めなどいろいろあるが、水鏡《みずかがみ》もそのうちの一つである。遊女に屈辱をあたえ、晒《さら》しものにする罰である。

水鏡は大小用のときと食事のとき以外はずっと盥をまたいでいなければならない。女にとって、遊女にとってもこれ以上の屈辱はない。

丸一日で解放される遊女もいるが、花田屋の花雲《はなぐも》は翌日も刑罰がつづいた。噂を聞いてやってくる見世の客もいるので、翌日は前回以上ににぎわった。花田屋の客はみな一度は花雲の恥ずかしい姿をのぞいていく。

水鏡はそう年中、どこでもおこなわれるものではないから、めずらしがって、ほかの遊女屋や引手《ひきて》茶屋からわざわざ見物にくるやつもある。

花雲の場合は三日もつづいた。

「花雲はよほどおもい罪をおかしたのだろう」

「水鏡を三日もやられたおいらんは、過去にあまりいないのじゃないか」

「花雲は一体なにをやったのだ」

「客に入れあげて、花代を立て替え、見世に大層な借金をつくったんだそうだ」

「おいらんが客に入れあげるとは、遊女にあるまじき狂気の沙汰《さた》だ。それじゃあ遊女屋もたまるまい。水鏡のお仕置《しおき》だって仕方ねえな」

客は勝手なことを言いながら、花雲の姿をたのしんでいった。

彼等が去れば、またべつな客がやってきて、花雲のあそこをたっぷりとのぞいてゆく。

吉原はこの三日間、水鏡の話題でもちきりとなった。あわただしい雰囲気の中でもこの噂のひろがりははやかった。

「そんないやらしい刑罰がいまだにつづいていたとは知らなかったよ。花田屋もずいぶんひどいことをするんだね」

弁天屋でその噂を聞いたおえんは少々不機嫌な顔色になった。

噂を耳に入れたのは浜蔵《はまぞう》である。

「浜蔵もわざわざ見に行ったくちじゃないだろうね」

「おれはそんな助平じゃありませんよ。おいらんのそんなところを見に行くなんて可哀そうじゃないですか」

浜蔵は心外だという顔をした。

「本人がそう言うんだから信じておくよ。又之助《またのすけ》なら、まずそんなことはしないだろう」

「お嬢さんはどうして、おれと又之助をそんなに区別するんですか。おれが助平で、又之助が真面目だって言うんですか」

浜蔵は用談部屋で、おえんに食ってかかった。

「おや、間違いだったかい。あたしだけじゃなく、世間はみんなそうおもってるんじゃないかえ」

おえんはわらった。

「冗談じゃありませんよ。男はみんなおんなじですよ。真面目な男だって、助平にかわりはないんだ」

「そういうもんかねえ。あたしは男がみんなおんなじだとはおもわないよ。男にもいろいろある」

「いろいろあるでしょうけど、大まかに言えばおんなじですよ」

「あたしは男のことはそうくわしくは知らないから、浜蔵の言うことを聞いておこう。男はみんな助平な人間なのか」

「それはそうと、花雲は客の花代を立て替え、大層な借金をつくっちまったそうですよ。それで水鏡なんて罰をうけることになったらしい」

　浜蔵は噂のつづきをはなした。

「大層気の毒なことだねえ。おいらんがそんなに客に入れあげるなんてめずらしいことだ。おいらんと客といえば、所詮《しょせん》、売りもの買いものの世界なのに」

　客に入れあげてそんな借金をつくったというおいらんにおえんは、同情といくらか不審をおぼえた。

「その客、よほどのいい男か、いいものを持っておいらんを喜ばしてたんでしょうかね」

「そういうところが、浜蔵の浅はかなところなんだよ。おいらんは客の男前やなになんかに惚《ほ》れるもんじゃない。惚れるとしたら男のこころに惚れるんだよ」

「どうも今日はお嬢さんと話がちぐはぐになっちまいますね」

「浜蔵だって吉原《なか》の取りたてをはじめて、もう何年にもなるんだから、ちっとはおいらんのこころがわかったっていいもんだがね」

「おれは、いくらかわかってるつもりですけど。女の気持はむつかしいや」

「それよりも、花雲が入れあげた客って、一体どんな客なのかね」

おえんはそんな男に興味があった。

「くわしくは聞いてませんが、江戸の者《もん》じゃないそうですよ。近国の商人《あきんど》って話でしたけど。お嬢さん、気になるんでしたら、しらべてあげましょうか」

「そこまですることはないんだよ。ちょっと気になったまでなんだから」

「近国からときたま江戸に商いにきて、そのついでに吉原にあそびにくるって客じゃないですか。それがつい惚れこまれたんで、いい気になっておいらんに立て替えさせてたんでしょう。でも、おいらんの食い逃げはいただけませんやね」

「客なら、きちんとはらってあそぶのが筋道だよ。女をだます男はクズのクズだ」

おえんは馬屋をやっている立場からも、そんな男は大嫌いだ。

「そんな男は滅多におりませんよ」

「でも男にはおいらんに貢がせたいって下ごころのあるやつは案外いるもんだよ。もっともてない男には無理だろうけど」

「でもそういう男は、いつかどこかで天罰をうけるもんですよ。世の中、存外、差引き勘定がとれるもんじゃありませんか」

「聞いたふうなことを言うもんだねえ。世の中、勘定はとれてないかもしれないよ」

おえんは言った。

二

年の市の端《はな》を切っておこなわれるのは、十二月十四日、十五日の深川富ケ岡八幡宮《とみがおかはちまんぐう》である。

浅草観世音《あさくさかんぜおん》の市は十七、十八の二日間である。この両日、浅草寺《せんそうじ》境内はいうまでもなく、南は駒形《こまがた》や蔵前通りから浅草御門まで、西は門跡前《もんぜきまえ》より下谷車坂《したやくるまざか》、上野黒門町にいたるまで、寸地ももらさず仮屋、露店がたちならぶ。注連《しめ》飾り、山草《うらじろ》、神棚の宮、餅台《もちだい》、羽子板、凧《たこ》、鞠《まり》、弓、破魔《はま》矢、勝手用雑貨などがどの店にも山とつまれ、売り手の声、買い手の声であたりはさわがしく、群衆の雑踏は朝から夜おそくまでつづく。迷子の泣き声、喧嘩《けんか》の罵声《ばせい》もたえず、これは毎年の恒例である。

おえんも十七日の昼過ぎから、又之助、浜蔵とともに田町《たまち》から日本堤にでて、北馬道《きたうまみち》をとおって浅草寺の市へでかけた。

どれだけけいそがしくても、おえんも毎年、年の市は欠かしたことがなかった。この市に行かぬことには年が越せない、あたらしい年がむかえられないという浅草っ子の気分なのである。これはおえんばかりでなく、土地の者はみなおなじだ。

子供のころから大人になっても、誰も欠かす者はいない。この市をひやかすことがみなの年中行事なのである。

一刻《いっとき》（約二時間）ほどぶらついて、又之助も浜蔵も両手に持ち切れないほどの買い物を持たされた。

「お嬢さん、もう買ったって、持ち切れませんよ。つかれちまったから、どこかの縁台でやすんでいきましょう」

浜蔵は音《ね》をあげてうったえた。

「茶店で、お団子でも食べてこう」

おえんもすこしつかれてきた。

はじめと変らないのは又之助だけである。

雷門《かみなりもん》から広小路《ひろこうじ》にでたところにある茶店の縁台に腰をおろしたとき、

「まあ、おえんさん一行じゃないか。いいところで出会ったよ」

これも荷物持ちの若い者をつれた元気のいい女に出会った。

「花田屋の女将《おかみ》さん」

おえんは挨拶《あいさつ》をした。

相手は例の花田屋の女将おはなである。

おえんは商売柄、吉原の遊女屋や引手茶屋の女将や主人、番頭などとは大概懇意にしている。おはなともそういった間柄での知り合いである。

「おえんさんに仕事をたのもうとおもってたんですよ」

おはなは四十前後の、商売のうまい女将である。

「商売のお話ですか」

おえんにはぴんとくるものがあったのである。

「そうなんですよ。こんなところでお話しするのは、ちょっとなんだけど、取りたてをおねがいしたいんだけど」

おはなながそう言ったとき、又之助はすばやく気をきかして縁台を立ち、席をゆずった。

おはなは又之助に目顔で挨拶をして、おえんの隣にすわった。

「うかがいましょう。お話しください」

おえんは人数ぶんだけの団子と茶をたのんで、おはなにうながした。

「もしかしたらお聞きおよびかしれないけれど、うちのおいらん花雲がお客に入れあげて、そいつのあそんだ金四十七両と一分三朱を立て替えたあげく逃げられちまったんですよ。それで花雲に仕置《しおき》をしたんだけれど、貸した金はもどっちゃこない。ついてはおえんさんにその取りたてをたのみたいんですよ」

おはながもちかけた用談というのは、おえんが想像したとおりだった。

「そうですか。先日、うちの若い者が花田屋さんで水鏡の仕置があったって聞きこんでまいりました」

「それなんですよ。おいらんが客に金を食われるなんて、あんまりだらしがないものだから、ほかのおいらんの見せしめのためにも、少々手ひどい仕置をしてやったんです。おいらんはそれでようやく目ざめたようだけど、お客への始末がついてないので、それをおえんさんにおねがいしたいんですよ」

おはなはやや口惜《くや》しそうな色を見せて言った。

「それは女将さん、大層腹がおたちでしょう。わたしが引きうけさせていただきます。そんな客をほうっておくわけにはいきません。きちんと始末をつけないことには、ほかのお客さまへの立場もございましょう」

質《たち》の悪い客にたいしては、おえんのこころが一段とふるいたつ。馬屋根性というやつである。おえんは一も二もなく引きうけた。

「はじめは真面目ないいお客だとおもってたんですが、それがじつは図太いやつでした。うちでも番頭をそいつの店へ遠出させたんですが、てんで相手にならず、あしらわれてしまったんですよ。そいつ、伊勢崎《いせざき》の織物問屋の主人で、桐生屋加兵衛《きりゅうやかへえ》っていうんです。月に四、五回、商売で江戸にでてきて、ついでにあそんでいくんですよ。証文は後ほどお宅へとどけさせます。おえんさんに引きうけてもらえて安心しましたよ」

おはなはだされた団子の皿にも手をつけずに言った。

「自分は織物問屋をやって何不自由なくくらしているくせに、苦界《くがい》にしずんでるおいらんに四十七両余りも借りて踏みたおすなんて、ゆるせませんね」

おえんはしずかに言ったが、こころの中では怒りが炎《ほむら》のように立ちのぼっていた。

「わたしもおいらんがだまされたとわかったときには桐生屋加兵衛への怒りがおさまりませんでしたよ」

「金持ちが遊女をだますなんて、世の中でいちばん悪いやつです。こっぴどくやっつけてやりましょう」

おえんは久しぶりに手ごたえのある仕事にぶつかった。ここ二、三ケ月ばかりは、わりあいこまかい取りたてばかりがつづいていたのである。

又之助も浜蔵も団子を頬ばりながら、おはなとおえんの話に耳をたてて聴き入っていた。

おはなが挨拶をのこして立ち去るや、

「やっぱりこの話、うちにやってきましたねえ。おれはそんな気がしてたんだ」

浜蔵が鼻をうごめかすように言った。

「浜蔵の手柄なんかじゃないいんだよ。取りたてはむこうからやってきたんだ」

おえんがいなすと、

「お嬢さん、このアタリはおれに取らせてください」

浜蔵が意気込んで言った。

「伊勢崎まで行くつもりかい」

「おれがはじめに聞きこんできた話だから、おれに縁があるんでしょう。行かせてください」

「そうかい、わかったよ。きてもいいよ」

おえんはこたえた。

翌々日。

おえんは浜蔵をつれて、江戸を旅だった。

伊勢崎は上州《じょうしゅう》とはいっても、武蔵《むさし》に近いところだ。中仙道本庄《ほんじょう》から北へわかれて二里と少し。徒歩で江戸から二日半の旅程である。

「お嬢さんとの旅は滅多にないことですね」

馬屋は吉原であそぶ客が対象だから、ほとんど取りたてで旅にでることはない。

「加兵衛が江戸にでてきたところをつかまえるよりも、こっちから行っちまったほうが早いからね」

おえんは商売だから、旅を億劫《おっくう》がることもない。ただ、冬の旅であるから、寒さがいくらか身にこたえる。

「わたしらを端から見ると、若い夫婦《めおと》の旅に見えるでしょうかね」

浜蔵がにやついてそう言うので、おえんはおもわず噴いた。

「そんなことおもうやつはいないだろうね。さしずめ大店《おおだな》のお嬢さんと手代か、下男。もしかしたら武家のお姫さまが身をやつしたおしのびの旅、それに足軽がくっついてるって感じじゃないかね」

おえんがからかうと、

「大店のお嬢さんと下男ってことはないでしょう」

浜蔵は余計なことを言いだしたものと憮然《ぶぜん》とした表情だ。

「相手はかなり手強《てごわ》いやつだとおもうよ。アタリを取るについちゃ、よく注意したほうがいい」

「油断なんかしちゃおりませんよ。吉原《なか》の大見世《おおみせ》に四十七両も小便かけるについちゃあ、よほどの肚《はら》づもりと覚悟があったでしょうから」

「そうだろうね。でなければ、よほどの理由《わけ》があったかだよ」

おえんも桐生屋加兵衛という人物についてはいろいろかんがえていた。大見世のおいらんにそれほど入れあげさせる男が一体どんな男なのか、興味もあった。

鴻巣《こうのす》と深谷《ふかや》で泊まって、翌日の昼ごろ伊勢崎に入った。

「嬶天下《かかあでんか》とからっ風っていうけど、本当に上州の風はつめたいね。赤城颪《あかぎおろし》が肌につきさされるよ」

おえんは道中用の女合羽《おんながつぱ》を着ているが、風に裾《すそ》をめくられ、脚絆《きやはん》どころか腰巻まで見えてしまっている。

「加兵衛はこんな土地柄でそだって、あんなことをしたんでしょうかね」

「だったら上州生まれの男はみんなそうなるのかえ」

「でも土地柄や気候ってのは人間をつくりますからね」

「浜蔵も偉そうなことを言うようになったもんだ。浜蔵はどんな土地柄や気候でつくられたんだろうね」

「おれは浅草田町、弁天屋そだちでござんすよ」

こんな寒いところを旅するには、冗談でも言い合っていなければやり切れない。

伊勢崎は養蚕、製糸、織物の町である。

享保《きようほう》のころから農家の副業として太織絹が生産されるようになった。今では、元機屋《もとはたや》が数十軒もできている。

桐生屋も元機屋の一軒である。

三

桐生屋は町のなかで訊《き》くと、すぐわかった。

元機屋としては、大きいほうである。

元機屋は何軒もの織子に機を織らせ、それをあつめて売りさばく。伊勢崎は江戸に近いので、江戸から織物問屋が買いつけにくるし、元機屋のほうから荷を馬や車、あるいは利根川《とねがわ》の船で江戸へはこぶ場合もある。

桐生屋という看板と暖簾《のれん》を見つけて、おえんは浜蔵をのこして、ひとりで店へ入っていった。

手代のような貧相な男が店先にいたので、

「桐生屋加兵衛さんにお目にかかりたくて、江戸からまいりました」

とおえんはつげた。

「もうお目にかかっていますよ」

小柄で貧相な男が言うので、おえんはおどろいた。どうやらそれが当の加兵衛のようだ。

「それは大層失礼を申し上げました。わたくし、江戸は浅草に住む、弁天屋えんと申します」

おえんは名乗った。よもや加兵衛がこのような男だとはおもわなかった。風采も堂々とした男前だと想像していたのだ。

「わたしが主人の加兵衛だが、江戸からおいでになった用件とは」

加兵衛も意外におもったようだ。

「とんだ野暮用《やぼよう》です」

とおえんは言ったが、

「まあ、おあがんなさい。遠いところからわざわざいらしたんだ」

加兵衛は愛想《あいそ》よくすすめてくれた。

おえんも店先で簡単にすむ用事ではないので、相手にしたがった。

「上州はさすがに寒いところですね」

と言うと、間もなく、あつい茶がでた。

加兵衛は如才なく接しながら、目の奥でおえんを観察してくるのがわかる。

おえんはおえんで、どうしてこんな男に花雲が入れあげたのだろうとかんがえていた。

「野暮用というのをうかがいましょう」

うながされて、おえんは懐中から馬屋証文をとりだした。

花田屋おはなからおえんに、加兵衛への貸し金を取りたててくれと依頼した旨の証文である。

「まともなお客とおもって座敷にあげたのが間違いだったようだ。お前、付き馬屋か」

加兵衛は一瞬のうちに表情を変え、さげすんだ顔でおえんを見つめた。

「おなじ用で花田屋の番頭が店にきたことがあった。だが、番頭はビタ一文手に入れないで、あきらめて帰っていったよ。正直に言おう。理屈はこちらにあるんだ。四十七両一分三朱は花雲がおれに貢いでくれたんだよ。正直に言おう。花雲は花代は自分で持つからどうぞあそびにきてくださいとわたしにうったえた。それでわたしはあそびに行ってやった。その花代がつもって、その金額になったのだろう。それを今さらわたしに払えと言ったって、聞こえぬ話だ」

加兵衛はそう言った。

「おいらんというのは、お客にきてもらうためにいろいろ手管、口説《くぜつ》を言うものです。花雲がそういう口説を口にしたかもしれませんが、それを言葉どおり真にうけて、本当においらんに花代を払わせるというのはどういうことでしょうか。世間普通のかんがえ方からすると少々、大人げないのではありませんか。しかも相手はお金に窮して身を売ったおいらんです。桐生屋さんはこのように堂々と商売をなすっていて、お金にこまらぬお方。その方がおいらんに大金を払わせるというのは、納得がまいりません」

おえんもまともに受けこたえた。

「金を持っていようといまいと、それはかかわりのないこと。わたしが借りた金なら払うのが筋だが、貢がれた金は一切はらうつもりはありませんよ。おえんさんも、どうやら無駄足を踏んだようだね」

「わたしは無駄足を踏む気はありません。桐生屋さん、花雲は莫大《ばくだい》な借金をかかえてしまって、ひどい罰をうけています。どうかたすけてやってください。お願い申し上げます」

　おえんは頭をさげた。

「たすけてやってくれと言われて、ぽんと四十七両一分三朱だすわけにはいかないよ。それに馬屋なんぞに頭をさげられたって、そんな金をだすはずもない。おえんさん、気の毒だが、お引き取りなさい」

「今日のところは、はじめのご挨拶《あいさつ》ですからこれで引き取りましょう。けれども何といたしましても払っていただきたくおもっております。後日、あらためて参上いたします」

　おえんはそう言い、席を立った。

「後日、あらためてきたって今日とおなじ、無駄だとおもうよ。おえんさん、およしなさい」

　そう言って加兵衛はおえんをおくりだした。

おえんが高崎屋という旅籠《はたご》にあがって、待っていると、夕方になって浜蔵がやってきた。

浜蔵はおえんが桐生屋へ行っているあいだ、加兵衛のアタリを取っていたのだ。

「浜蔵、何かつかめたかえ?」

おえんはぼんやり待っていても仕方がないので、銚子《ちょうし》をはこんでもらい、一人でゆっくりとやっていた。

「元機仲間をあたってみたんですが、妙に話がちぐはぐなんですよ。みな口をそろえたように加兵衛は堅物で女あそびなんかしないと言うのです。ずっと若いころ、一度だけ一緒に吉原へあそびに行ったという元機屋がいましたが、吉原が気に入らなかったのか、その後はもうさそってもあそびに行かないってことでした。そのほか、どこをあたっても、加兵衛は女あそびはやらないはずだって口をそろえていますよ」

浜蔵は意外な報告をした。

「女あそびをやらないって言ったって、加兵衛はさかんに吉原《なか》にかよって、おいらんを泣かせてるじゃないか。仲間が知らないだけなんだよ。あんな貧相で、こころもきたない男がよくもてたものだ」

おえんは浜蔵に酒をついでやって、首をひねった。

「それがおれも不思議でならないんですよ。何で加兵衛が仲間たちから堅物だなんておもわれてんだろう。加兵衛は表と裏のある人間なんでしょうかね」

「きっとそうだろう。仲間たちの知ってる加兵衛と知らない加兵衛といるんじゃないかね」

「変なやつですねえ、加兵衛って男」

「男にもいろいろ複雑なところがあるやつっているじゃないか」

「それはいますけれど、加兵衛のようなやつはあまり聞きませんねえ。助平なら助平でいいじゃないですか、何も堅物を気取らなくたって」

「べつに堅物を気取ってるわけじゃなさそうだよ。あたしには吉原《なか》であそんでたことをすぐにみとめたからね」

「何か謎がありそうですね、加兵衛には」

浜蔵も猪口《ちょこ》をかたむけながら言った。

「加兵衛の今の商いぶりなら、吉原でまともにあそぶ金は十分あるはずだよ。何も花雲に花代をはらわせなくたってあそべるんだが」

おえんは思案に思案をかさねた。おえんが今までかんがえてきた男というものの概念からは、今度のことは理解できなかった。

「もっとアタリを取っていくしかなさそうですね」

「じゃあ、当分浜蔵は江戸にはかえれないね」

「仕方がありませんよ、稼業だから」

「浜蔵、立派になったねえ。稼業だからなんて」

「お嬢さん、茶化さないでくださいよ。おれだって馬屋になってもう何年もたつんだから」

「そうだったねえ。あたしは江戸で加兵衛のアタリを取ってみるよ」

二人はその夜は高崎屋で一泊し、翌日おえんだけが江戸へもどっていった。

四

江戸にもどった翌日、おえんは又之助をつれて、花田屋へ行き、花雲に会った。

おいらんと会って話をすれば、どうして加兵衛に惚《ほ》れて、入れあげたかがわかるとおもったのだ。

花雲は今年二十歳で、やや痩《や》せ型の、色の白い美人である。

四十七両余の借金を背負わされながら、花雲はまだ加兵衛をにくみ切れない様子だ。

「おいらん、どうして桐生屋にそれほど惚れたの」

花雲の座敷でおえんは訊いたが、花雲はややはずかしそうに微笑するばかりであった。

「おえんさん、伊勢崎まで行きいしたんですか」

「行きましたよ」

と聞くので、
おえんはこたえた。

花雲はまだ加兵衛へのおもいが断ち切れぬのか、

「今度、いつ江戸にくると言っておりいせんでしたか」

と加兵衛のことを気にしている。

「おいらん、加兵衛のことはわすれなければ駄目ですよ。あいつはおいらんに仇《あだ》をすることはあっても、得になることはないんだから」

おえんのほうが焦《じ》れったくなるばかりだ。

「わるいのは、わちきでありいす」

「おいらんそれは間違いだよ。だましたり、弱みにつけこんだ男がわるいんだ。桐生屋が江戸で取り引きしている問屋を知ってたら、おしえておくれ」

おえんが聞くと、花雲はややためらったが、

「今は日本橋横山町の〈織仙《おりせん》〉という織物問屋がいちばん取り引きが多いとおもいいす。それから本町の織物問屋〈絹円《きぬえん》〉でありいしょう」

とおしえてくれた。

「織仙と絹円に加兵衛は月に四、五回くるんですね」

念をおすと、花雲はうなずいた。

それだけ聞きだせただけでも、大成功である。そこへ行けば、江戸における加兵衛の様子がわかるかもしれないとおもった。

又之助とともに、おえんは翌日、横山町へでむいた。

横山町というのは、織物問屋ばかりでなく、太物《ふともの》、糸物、呉服、袋物、足袋《たび》、小間物などにいたるまで、衣料全般の問屋街である。だからここにくれば、衣料はすべてとのうといった場所である。

織仙という織物問屋を見つけて、おえんは入っていった。

店の中は多種多様な織物の包みがところせましと積みあげられている。

「伊勢崎の桐生屋加兵衛さんのことをおしえてください」

おえんは店の番頭にたずねた。

普通はこんなことを初対面の者がいきなり訊けば警戒するにきまっているが、そんなことは商売馴《な》れしたおえんである。器量と愛嬌《あいきょう》を存分に生かして、番頭に接近したのだ。

「桐生屋さんなら顧客《おとくい》だから、いくらか知ってる」

という返事だ。

「桐生屋さんとのお付き合いはいつごろから？」

「もう二十年くらいになろうかな。桐生屋さんが二十代半ばごろからの付き合いだな」

「そのころの桐生屋さんと、今と大層変ったところはありませんか」

「桐生屋さんは以前から堅物だったな。今じゃたまには付き合い程度はするようだが、以前は商売一本槍《いっぽんやり》だったね。商売をするなら、いくらかあそんだほうが人間も練れるのにって、以前よく言ったおぼえがあるくらいだ」

「そうですか」

おえんはうなずいた。加兵衛は二十年前くらいから堅物だったとわかった。

「ずいぶん桐生屋さんに興味がおありのようですが」

「これは商売のためです。織仙さんより前に桐生屋さんが取り引きしていた問屋さんは、このあたりにないでしょうか」

「もうずっと以前のことになるから、わからないね」

「そうでございますか、大層お手間をとらせました。有難うございました」

礼を言って、織仙をでてきた。

それからおえんと又之助は本町へむかい、絹円をさがした。

そこでの聞きこみも、織仙とほとんど違いはなかった。

「二十代半ばごろからの加兵衛は世間から見ると堅物だったんですね。仲間と一緒のあそびはほとんどやってないんだ」

又之助も聞きこみの結果、かんがえあぐねてしまった。

「ほかに目ぼしいことはでてこなかったね」

おえんもいくらか落胆した。

「でも堅物といわれる評判と、実際《ほんとう》の加兵衛とはずいぶんちがうじゃありませんか。どうしてもこのあたりに加兵衛の謎はあるとおもいますね」

「花雲にあれほど入れあげさせた加兵衛だから、いずれまた吉原に出入りをはじめるとおもうよ。一度味をしめたら忘れられないのが、人のつねと言うものさ」

おえんと又之助は本町から弁天屋にもどった。又之助はすぐにまた店をでていこうとした。

「どこへ行くの、又之助」

「広小路の居酒屋で新五郎《しんごろう》兄貴を見たって噂を昨日《きのう》聞いたもんですから」

又之助はふりかえってこたえた。

新五郎は昔は先代の弁天屋の番頭をしていたが、今は風来坊の暮しが身についてしまっている。弁天屋にもどってきては、またいなくなってしまうのだ。

又之助は浅草寺門前の広小路にでて、居酒屋を一軒一軒あたっていった。

浅草寺は境内に見世物小屋や掛茶屋《かけぢゃや》、矢場《やば》、居酒屋、食べ物屋がたくさんでているばかりでなく、仲見世《なかみせ》や門前の広小路にも茶店、食べ物屋、玩具屋《おもちゃや》などが立錐《りっすい》の余地もなく店をならべている。

又之助は新五郎のいそうな店をさがしてあるいた。新五郎につれていってもらった店が何軒もあるので、大体そういう店を中心にさがした。

「又さん、今日はどうしたんだ?」

「落し物かい?」

「いや、さがしものだ」

見知りの店では声をかけてくるが、新五郎の姿はない。

さがしつかれて、又之助は一軒の居酒屋で、

「銚子《ちょうし》を一本」

とつい声をかけた。

はこばれてきた銚子をあけていると、後ろに人影の立つ気配がした。

「又之助、どうした。こんなところで」

後ろからなつかしい声がひびいた。

又之助がふりむくと、がっしりとした体に渋い藍染《あいぞ》めの着物をみじかめに着ながし、雪駄《せった》をはいた新五郎が立っていた。

「兄貴、広小路の居酒屋で見たって噂を聞いたもんだから、軒なみさがしてあるいてたんですよ」

又之助の顔におもわず笑みがこぼれた。

「おれが居なくたって、弁天屋には、又之助、浜蔵という腕のいい馬屋がいるじゃねえか。二人でお嬢さんをたすけていけば、弁天屋は立派にやってけるだろう」

新五郎はそう言いながら、又之助の前に腰をおろした。

「兄貴、そんなことを言っちゃあ駄目ですよ。弁天屋の柱は何と言ったって、お嬢さんと兄貴じゃありませんか。おれと浜蔵とは、まだ使いばしりの域をでちゃいませんよ」

又之助は銚子をもう一本たのんで言った。

「おい、お前。まだ使いばしりをやるつもりかい。それじゃあ、おれが仕込んだことがまるで身になってねえじゃねえか」

新五郎は一つ叱ってから、自分も手酌で飲みだした。

「おれたちだって一生懸命やってますよ」

「だったら何もおれをさがさなくたっていいじゃねえか。いつまでもおれに甘えるな。どんなにむつかしい取りたてだって、お嬢さんとお前と浜蔵がいりゃあ、やれるはずだ」

「べつに音をあげたんじゃありませんよ。兄貴の顔がちょっと見たくなって」

「ちょっと見たからもういいだろう。お前たちは立派な馬屋だ。三人でぶつかって、取りたてられねえ相手は、まず、いねえはずだよ」

「今夜の新五郎兄貴は馬鹿につめてえ別人みてえだ。でも、言われてみりゃあそのとおりだ。今度の件は助けは借りねえ」

又之助が言うと、はじめて新五郎が苦笑いを見せた。

二人はしばらく居酒屋で時をすごした。

五

「浜蔵、もう一度伊勢崎へ行こうかね」

餅《もち》つきのおわった翌日、おえんは言った。

「取りたてですかい」

「取りたてとアタリの両方だよ。この前浜蔵がアタリを取ったとき、若いころ一度加兵衛と吉原へ行ったと言ってた元機屋がいただろう。そこへ行ってみよう」

おえんはもう一度その元機屋に訊けば、何か加兵衛の謎がつきとめられるかもしれないとおもった。ともかく加兵衛のずっと若いころを知っている者はその元機屋くらいしか見つけられなかったのだ。

そしてふたたび伊勢崎にやってきた。

おえんは着いたその足で桐生屋へ行き、加兵衛にふたたび四十七両一分三朱の支払いを催促した。

「おえん、またきたか、馬鹿者め。金は女がおれに貢いだのだ。借りた金ではない。はらう謂《いわれ》は毛頭ない」

おもったとおりの返事だった。

「あんたも浮かばれない男だね。死んだらきっと地獄に行くよ。地獄でさんざん責めさいなまれるがいい」

おえんはそう言うしかなかった。

「おれが地獄に行くときは、おえん、お前もつれてってやるぜ」

「あたしの後生《ごしよう》はあんたほど悪くはないよ。あんたは無間《むげん》地獄の底でのたうちまわるんだ」

おえんは桐生屋の店頭で悪態をついた。相手を怒らすのも、馬屋の手のうちなのである。

「おれは縁もゆかりもねえ馬屋にそんな悪口をならべられるおぼえはねえ。おえん、かえり道に気をつけろよ。うちには荒っぽい手代が何人もいるからな」

加兵衛が言ったのは月並な威《おど》しではない。元機屋は高価な織物を車や馬や船ではこんだりするので、道中の危険にそなえて、腕っ節のつよい手代や用人棒などを常傭《じようやとい》しているのである。

「まああんたもお縄をうけないよう手加減してやることだね」

と言って、おえんは桐生屋をでてきた。

前回同様、高崎屋で待っていると、夕方、浜蔵がやってきた。

「お嬢さんの言うとおりだ。アタリは二度取るもんだってわかりましたよ」

浜蔵はそう言い、笑顔を見せた。

「やっぱり、そうかい」

「お嬢さんは勘がいいね。図星でしたよ」

浜蔵は意気ごんだ。

「若いころの加兵衛に、何かあったんだね」

「ありましたよ」

「女だろ」

「そう、吉原のおいらんでしたよ」

浜蔵は〈上州屋〉という元機屋をたずねて、とうとう加兵衛の若いころの秘密をさぐりあてたのだ。

「加兵衛がまだ二十歳そこそこのころ、上州屋とはじめて吉原の遊女屋《なか》へあがって、そこでおいらんにボロクソにあしらわれたんだそうですよ。運わるく、こころないおいらんにあたったんでしょう。おいらんは野暮ったい田舎の商人《あきんど》を見くびって、『こんなお粗末なものをぶらさげて』とあざけった上に加兵衛の面相まで、貧相だの何だのと馬鹿にしたそうです。また実際《ほんとう》に加兵衛のものは粗末だったそうですよ。それで加兵衛はすっかり落ちこんでしまい、ひどく吉原のおいらんを恨むようになったんです。それいらい、誰がさそってもけっして廓《くるわ》や岡場所にも足をはこばなくなったそうです」

「ふうん、そういうことがあったのか。加兵衛は若いころ、こころに大きな痛手をうけたんだね。そして吉原《なか》のおいらんに恨みをいだいたんだ」

「そりゃあ、おいらんに粗末だなんて言われたら死ぬほどの痛手でしょう。あれは男の命ですから。加兵衛の気持もいくらかわかりますよ」

「そうだねえ、おいらんとしちゃあ、言っちゃならない一言だったね。そのせいで、加兵衛の人生はまがってしまったんだ。そして二十年以上も後に花雲が運わるく犠牲になったってわけだね」

おえんは溜息《ためいき》をつくように言った。

「でも、その後加兵衛が滅法女につよくなったってところが、わからないんですよ。謎はまだ半分しかとけちゃおりません」

「その後加兵衛は変ったんだね。女あそびをやらない堅物の加兵衛が、いつしか凄腕《すごうで》の女ごろしになっていた。この謎は面白そうだね」

「みなに隠れて、ひそかに女修行をつづけてたんでしょうか」

「どうだろうね。ともかく何かはしてたんだろう。でなきゃあこんな顚末《てんまつ》にならないよ」

おえんと浜蔵は夜更けまで思案して、部屋をわかれて床についた。

寝入ってしばらくたったころ、おえんは夢ごこちのなかで、人が部屋に近づいてくるような気配を感じた。が、おえんは夢かうつつかさだかでなかった。

いくらか間《ま》があってから、今度は部屋の襖《ふすま》があくような気がした。

(まさか、そんなことがあるはずがない)

とおもっているうちに、寝入ってしまった。

体にのしかかる重さを感じて、おえんは目ざめた。瞬間、恐怖が体をつらぬいた。

声をあげて浜蔵を呼ぼうとおもったが、声はでない。体もうごかない。

何者かがおえんの上にのしかかり、大きな手で口をふさいでいた。

おえんは必死であばれようとしたが、のしかかっている男は相撲取りのような大男で、びくともうごかない。

(浜蔵、きて!)

口がひらいた一瞬、隣室にたすけをもとめようとしたが、すぐに手拭《てぬぐ》いのようなものを口につめこまれてしまった。

それから両手をつかまれ、頭の上でかたくしばられた。

それでもおえんは懸命にもがいた。そのため長襦袢《ながじゆばん》がみだれ、衿《えり》がひらき、裾《すそ》も割れた。

目が慣れると、有明行灯《ありあけあんどん》のよわい明りの中に大入道のような男が自分にのしかかっているのが見えた。誰だか全然見当がつかない。

おえんは押しつぶされそうな恐怖をいだいた。こんな大男に犯されたら、ころされてしまうとおもった。

こんなときに浜蔵は白河夜舟《しらかわよふね》をきめこんでいるのだろう。そうおもったとき、とつぜん体がかるくなった。大男がおえんの上からおりたのである。

が、すぐに今度は小柄な男がのしかかってきて、夜具を全部はがした。

加兵衛だ。大男は加兵衛がつかっていた荒手代である。

「おえん、いい気になって、おれのまわりを嗅《か》ぎすぎた。こらしめてやる」

と言った加兵衛の言葉には残酷さがひそんでいた。

(何をするんだい！)

おえんは言ったつもりだが、声にはならなかった。

加兵衛の顔ははげしい欲望と憎悪でゆがんでいる。

「おえんに男の味をたっぷりおしえてやろう」

加兵衛は男の自信にみちている。おえんを存分になぐさんでやろうというのだ。とても粗末なものの持主とはおもえない。

おえんは押えこまれる寸前においても、謎を解きあかしたいという気持を捨てきれなかった。

加兵衛がおえんの長襦袢の衿を両手でわしづかみにして、ぐいとひろげた。白い胸が二つともこぼれた。

ついで、長襦袢の裾がまくり上げられた。

腰巻も一緒にまくれて、下半身がむきだしになった。

「おえん、ひいひい言わせてやろう」

言いながら、加兵衛は自分の前をまくった。

そして下帯のあいだから一物をだした。

加兵衛はおえんの両足を割って、一物を押しつけてきた。

妙に硬いものがおえんの股間《こかん》に触れた。勃起《ぼっき》した硬さだけではない感じだ。

おえんは腰と膝《ひざ》をつかって、おもいきり加兵衛をはねあげ、半身をおこした。

小柄なだけに加兵衛は体勢がくずれた。だが、ふたたびおえんに押しかぶさってきた。

おえんはあえなく押したおされた。

そのとき、廊下を踏み鳴らす音が聞こえた。

そして乱暴に襖があいた。男の影が飛びこんできた。

ここは加兵衛の地元だから、いずれ加兵衛の側の男だろうとおえんはおもった。

「お嬢さんっ、大丈夫ですか！　しっかりしてください。たすけにきました」

なんと又之助の声だ。

又之助が加兵衛を一蹴《ひとけ》りで吹っ飛ばした。

「野郎っ」

吠《ほ》えて飛びかかってきた大入道の手下にたいして、又之助は木刀の一撃を脳天にあびせた。

巨木がたおれるように、巨体がしずんだ。

加兵衛はすばやく、雨戸をあけて外へ逃げだした。

「あぶないところだった、お嬢さん。どうも気になって、新五郎兄貴に留守をたのんで夜旅をかけて半刻《はんとき》ほど前に着いたんです」

又之助はそう言ってほっとした顔を見せた。

浜蔵はそのころようやく、寝ぼけ眼《まなこ》で、部屋に入ってきた。

「寝てるあいだに、とんだ騒ぎがあったもんだ」

浜蔵はそう言い呆気《あっけ》にとられた様子だ。

おえんはすばやく身づくろいをして、何事もなかったような顔をしていた。

六

年があらたまり、七種《ななくさ》も明けた。

けれども加兵衛からの取りたての一件はまだかたがついていなかった。

弁天屋でも、元旦《がんたん》の年礼、七種の祝いなどをやったが、大所の取りたてが年越しになっているので、やはりすっきりとしない空気である。

「いいんですか、加兵衛の一件、このまま手をこまねいていて」

浜蔵がおえんにせっついた。

「手をこまねいちゃいないさ。打つべき手は打ってるよ」

おえんは余裕を見せてはいるものの、こころのうちには不安もある。

「吉原の大門《おおもん》を見張ってるだけでいいんですかい。第一、加兵衛がまた吉原《なか》に足をはこんできますかねえ」

浜蔵は鏡餅《かがみもち》をとりはらった用談部屋で、おえんに食いさがった。

大門の見張りは又之助と浜蔵が半日交代でつとめているのだ。

「加兵衛はきっとまた吉原にやってくるとおもうよ。おいらんへの恨みはふかい。しかも加兵衛は今やおいらんをひいひい言わせる武器を身にそなえてるんだ。花雲一人でやめるもんかね」

おえんは自分の見通しに自信があった。

「加兵衛は恨みをはらしに吉原にくるんですかね」

「きっとそうだろうとおもうよ」

おえんはそうこたえて、旧冬、伊勢崎の高崎屋で加兵衛に手ごめにされかかったときの妙な感触をおもいだしていた。加兵衛が一物を股間に押しつけてきたときの、不思議な硬さはわすれていない。

ことがことだけに、状況が状況だっただけに、そう人に訊いてまわれない。

「加兵衛はいつからそんな立派な体になったんでしょうかね」

「それはわからないよ。今度訊いてみることだね」

「まあ当分、網を張っておりましょう」

浜蔵はそう言ったが、小正月が過ぎても、さらに正月の晦日《みそか》が近づいても、加兵衛は吉原に姿をあらわさなかった。

おえんもさすがに焦《じ》れてきた。自分の推量がぐらついてきた。推量を間違えたとなると、べつの手立《てだて》の取りたてをかんがえなければならない。

二月になってからも、大門の見張りはつづいた。吉原は大門以外に出入口はないので、ここだけ見張っておればよい。大門口の右手に釣瓶《つるべ》そば屋があるので、又之助も浜蔵もここで外を見張っている。

外はもう寒い時季ではない。きさらぎの声を聞くと空はうららかに明るく、草や木の芽は緑の色もあざやかである。

初午《はつうま》祭の過ぎた翌々日、とうとう待ちかねた加兵衛が吉原に姿をあらわした。一人で駕籠《かご》で乗りつけ、釣瓶そば屋の前でおりたのである。

浜蔵がそれを見つけて、加兵衛の跡をつけ、登楼するのを見とどけ、弁天屋にとってかえしたのである。

「加兵衛がとうとうやってきたかえ。ずいぶん待たしてくれたもんだね」

浜蔵からの報告を、おえんは用談部屋で聞いた。

「江戸町一丁目の松葉屋にあがりました」

浜蔵はしてやったというばかりの顔である。

江戸町一丁目は吉原でも一流どころの大見世《おおみせ》がずらりと軒をならべている。

「松葉屋さんなら、うちとは馴染《なじ》みだ。いい見世にあがってくれたもんだね」

おえんは出発の仕度をしながら頬笑んだ。

遊女屋にあがったからには、これから二刻（約四時間）ほどはうごかない。ゆっくりと仕度ができる。

おえん、又之助、浜蔵の三人はまるで夜あるきにでかけるようないでたちで店をでた。

松葉屋に着くと、おえんは女将《おかみ》にたのんで二階にあがらせてもらった。

加兵衛があがったのは松菊《まつぎく》という売れっ妓《こ》の座敷である。

その座敷の前までくると、もう床はおさまっていた。

それどころではない。おいらんの声が聞こえる。おいらんが閨《ねや》でよろこんであげる声だ。

「おやおや、なんと派手なこと」

おえんが小声で言ったように、松菊の声はあからさまに廊下まで聞こえてきた。

よほど客のよろこばせ方が上手なのだ。おいらんは商売だから、故意に声をあげる場合がおおい。けれども、それは聞く者が聞けば真偽はおのずからあきらかである。

しかも座敷持ちのおいらんは、奥の座敷で客と寝るから、その声が廊下まではっきり聞きとれるというのは余程である。

おえん、又之助、浜蔵は松菊の部屋のむかい座敷にひそんで、様子をうかがった。

松菊の声のあげ方は尋常ではない。

ひいひい悲鳴をあげつつ、体の中からほとばしるような声をあげている。

「ああ、ああ、ああっ、死ぬう……」

あまりの声のはげしさに、三人は顔を見合わせた。

「もう駄目、もう駄目、堪忍してえ……」

松菊は廓言葉《さと》もわすれてしまって、地の声で喜悦をあげている。一流の大見世の最高級の呼び出しおいらんが、閨の中で悶絶しているのだ。

「聞きしにまさる女ごろしだ」

又之助もおどろきの顔色である。

浜蔵はごくりと唾《つば》をのんでいる。

「たすけて、ゆるして……、堪忍してえ」

実際《ほんと》に死に瀕《ひん》したかのように、松菊の声は真にせまっている。

三人はしばらくのあいだ聞き入っていた。

房事はなかなか一段落つくことがない。いつまでもつづいている。


ようやく一区切りがついて、加兵衛はかたわらで死んだように息も絶え絶えになっている松菊を見おろし、厠《かわや》に立った。加兵衛にとっては今が幸せの極みである。男をよろこばせるのが商売のおいらんを死ぬほどよろこばせて、自分に哀願させたことで加兵衛の誇りはみたされたのだ。

加兵衛は屏風《びょうぶ》にかけてある松菊の仕掛けを背にひっかけ、部屋をでて、厠へむかった。用をたしてから、加兵衛は座敷にもどった。

屏風のむこうでは、松菊がなやましげな胴抜き《どうぬ》姿で背をこちらにむけて、まだ死んだように横たわっている。

加兵衛はこれで手をゆるめるつもりはなかった。しばらくやすんでから、もう一回おいらんを死ぬほど泣かせるつもりである。

仕掛けをぬいで、加兵衛は床に入った。

松菊は、うんともすんとも言わぬ。

加兵衛はしばらくして、松菊へ手をのばした。

背中ごしに乳房を揉《も》んだ後、股間《こかん》へ手をおろしていった。が、どういうわけか、おいらんはなかなか股《また》をひらかぬ。

「おいらん、どうした。もう降参か」

加兵衛は声をかけて、自分の硬くなった一物を後ろから押しつけていった。

そのとき、おいらんの手が加兵衛の股間にのびてきた。そしてそりたつ一物をぐいとつかんだ。

加兵衛はおいらんがつかれているので、かわりに手であそんでくれるのだろうとおもった。それで加兵衛は一物をゆだねた。

一物は加兵衛の自慢のものだ。陰茎にちいさな珊瑚《さんご》の珠《たま》をみがきあげた埋め物が五ケ所にほどこしてある。これで責めるとよほどのおいらんでも死んだようになる。これで加兵衛の人生は変ったのだ。

ところが加兵衛は松菊の反応ぶりに少々戸惑いをおぼえた。前回といくらか反応がちがう。

それで加兵衛は後ろから女の股間へ手を入れようとした。その刹那《せつな》に異変がおこった。おいらんが跳ねおき、あろうことか加兵衛をおもいきり蹴《け》とばした。

「何をするんだっ、おいらん!」

加兵衛はさけんで飛びおきた。

七

「桐生屋加兵衛、自分の敵娼《あいかた》を間違えるなんて、盆暗《ぼんくら》め!」

おえんは床からおきあがって、おもいきり罵声《ばせい》をとばした。加兵衛が厠に立ったあいだに松菊と入れかわったのである。

「畜生っ、おえんめ、こんな所までのさばりやがって」

加兵衛は一物を露出したまま狼狽《ろうばい》と怒りにくるった。

「こんな小細工をしてまで女をよろこばせたいのか、馬鹿なやつだよ」

おえんがあざけると、加兵衛は飛びかかってきた。

おえんがかわして、

「又之助、浜蔵、でておいで」

押入れにむかって声をかけた。

押入れの襖《ふすま》がひらいて、又之助と浜蔵が満を持して姿をあらわした。

「よくも、はかったな」

加兵衛が憎悪の声をあげた。

「加兵衛め、おいらんの敵だ。吉原《なか》の敵！」

「おいらんにかわって、おれたちが相手をしてやる」

浜蔵と又之助が威嚇してせまるや、加兵衛はぱっと身をひるがえした。

その一瞬、おえんは神速の早業で鉤縄《かぎなわ》の先端を加兵衛の寝巻の衿《えり》にひっかけた。と同時に、あっという間に縄でぐるぐる巻きにしばってしまった。

鉤縄はもともと目明しがつかう早縄で、本来はこういうつかい方をするものである。

たちまち加兵衛は身うごきが取れなくなった。

「おいらんのかわりに、一つ痛い目を見せてやる」

又之助は言ったと同時に、平手でおもいっきり加兵衛の横っ面を張った。

悲鳴をあげて、加兵衛がぐらついた。

「おれも一つ」

と浜蔵が反対から拳《こぶし》で加兵衛の頬桁《ほおげた》をおもいきり殴りつけた。

「たすけてくれ、ゆるしてくれ」

加兵衛がたまらず音をあげた。

「罰はまだすんじゃいないよ。これから花田屋に行くんだ」

おえんは鉤縄をつかんで、加兵衛をせきたてた。

「おえん、金ははらうからゆるしてくれ」

再度加兵衛が音をあげたが、おえんはかまわず、引っ立てた。

おえん、又之助、浜蔵は江戸町から京町一丁目の花田屋へ加兵衛を引っ立てていった。

まだ引け四つ（午後十二時）前のころとて、仲の町の通りには遊客や茶屋、遊女屋の者たちが大勢あるいている。その連中はおえん一行と加兵衛の姿を見て、何事かと立ち止まった。

「お前のせいで花雲おいらんがどれほどの罰と苦しみをこうむったかおしえてやろう」

おえんは野次馬の目もおかまいなく、加兵衛を花田屋の二階へつれていった。

「四十七両一分三朱、きれいにはらうから勘弁してくれ」

加兵衛は弱々しい声で嘆願しつづけた。

「自分のあそんだ金をはらうのは当然のことだ。それだけじゃあ、お前の罪はゆるされないよ」

おえんはつめたく言いはなつと、浜蔵に命じて、階下から水をいっぱい張った大盥《おおだらい》を持ってこさせた。

「加兵衛、お前にも花雲おいらんとおなじ罰と苦しみをあじわってもらうよ」

おえんはそう言い、又之助に加兵衛の下半身をむきだしにさせた。

「勘弁してくれ、たすけてくれ」

加兵衛はゆるしを乞《こ》うたが、おえんは容赦しなかった。

「又之助、浜蔵。加兵衛に水鏡の罰をあたえてやるんだ。加兵衛の自慢のものを水鏡にうつしておやり」

おえんは憎々しげに言った。

五つも埋め物をほどこした加兵衛のものは股間にぶらさがっている。ふだんの大きさ自体はたいしたことはないが、勃起《ぼっき》をすると、埋め物が効果を発揮する。これで責められたひにには、どんなおいらんでもたまらない。

「それ、加兵衛、しゃがんでまたぐんだ」

「見物人がいるからって遠慮することはねえ。自慢のものをみなに見物させてやれ」

浜蔵と又之助は手荒く加兵衛をしゃがませ、盥をまたがせた。

「いいか、このまんまうごくんじゃねえぞ。花雲は三日もこの刑をうけたんだ。お前はその罪をつぐなうんだ」

又之助と浜蔵はすこしでも加兵衛が姿勢をくずすと、蹴とばしたり、こづいたりして、水鏡の姿勢をとらせた。

廊下のさわぎに気づいて、遊客やおいらん、新造《しんぞ》、カムロたちが寄ってきて、興味ありげに見物をした。水面をのぞいていく者もある。

夜更けになって、廓《くるわ》がひけても水鏡はつづいた。

如月は初午《はつうま》の化かし合い

松井今朝子

松井今朝子（まつい・けさこ）
一九五三年京都府生まれ。九七年に『仲蔵狂乱』で時代小説大賞、二〇〇七年に『吉原手引草』で直木賞を受賞。著書に『東洲しゃらくさし』『幕末あどれさん』『奴の小万と呼ばれた女』『非道、行ずべからず』『似せ者』『壺中の回廊』『師父の遺言』『芙蓉の干城』『料理通異聞』『江戸の夢びらき』など多数。

さて、十三で内所《ないしょ》に引っ込ませたふたりの禿《かむろ》、あかねとみどりは日々さまざまな稽古事をいたします。茶の湯、生け花は申すに及ばず、聞香は御家《おいえ》流の組香をひと通り習わせ、筝は継山《つぐやま》流の吉田勾当《こうとう》にお出ましを願い、三味線は杵屋《きねや》喜三郎に頼み、とまあ、何事も習うなら一流の師匠に学ぶがよかろうというわけでして。

なかでも書と歌は、わしと同じく佐藤千蔭《ちかげ》先生に教えを請いました。

先生と申しても、お歳はわしよりお若いくらいでして。ただし代々の歌詠みで知られた橘氏の出とかで、御父上も歌や国学をよくなされ、ご自身は十歳にして荷田在満《かだのありまろ》先生に入門なされた、いわば神童でございます。もっとも目から鼻に抜ける秀才といった人相でもなく、やや下がり眉なのがご愛嬌のおっとりしたお顔立ちで、おやさしいお人柄だから私どもには付き合いやすい。わしはお互い狂歌を嗜む縁でお親しくなった口だが、先生の本業と申すはちとおかしないい方ながら、これも御父上の跡を継いで南町奉行所の吟味方与力《ぎんみかたよりき》をなさっておられます。町方の与力はわりあい裕福なお武家が多くて、それゆえときどき先生のように風流なお侍が出るんですよ。

その千蔭先生に、ふたりが直に教えを受けたのは新造《しんぞ》になってからのことで、禿のうちは先生にお借りした古今切れや万葉切れの手本をもとに、わしが自ら手を取って教えました。これは書を習いながら古歌を諳《そら》んじて、歌の道にもつながる一石二鳥の習い事でございます。

古歌を諳んじるのはあかねのほうがはるかに上で、一見ぼんやりしておる風でも、物覚えはよかった。囲碁を習わせても、あかねのほうは一度見た盤面を忘れないのか、みどりが太刀打ちできません。負けず嫌いのあの子は悔しがって幾度となく対局を重ね、とうとう勝ったときのうれしそうな顔といったらなかった。将棋はみどりのほうがよく勝って、あかねは案外あっさり引き下がったが、双六《すごろく》は見ているこっちが根負けするくらい、互いにしつこく勝負を繰り返した。

箏や三味線でもあかねが師匠に賞《ほ》められたら、みどりが向きになって稽古をする。逆《さか》さまに間奏《てごと》の難しい曲をみどりが巧みに弾いたりすると、あかねは独りで何度もさらいます。

はい、左様。ふたりの競《せ》り合いはそういうかたちに始まって、花魁《おいらん》になってからもそれが延々と続いた。わしがわざと競わせにかかったことは申すまでもありますまい。どちらかに不得意な習い事があれば、もう片方の出来をわざと大げさに賞めてやればよい。そうしてふたりはなんでもこなすようになっていった。

手習いの字を見れば、隠れた性分がよくわかって面白い。物静かで一見おとなしそうなあかねが意外と思いっきりのいいのびのびした筆遣いをして、片や跳ねっ返りにも見えるみどりがお手本通りに几帳面な文字を書くといった寸法で、ハハハ、やはり女子《おなご》は幼いうちから奥が深うございました。ほかの習い事や囲碁の勝負でもそのちがいがはっきり見えたが、そいつァどうも艶っぽい話にならないから、はしょるとしましょうよ。

ところで手習いといえば、初めて寺子屋にあがる日は二月の初午《はつうま》と決まったもんで、あなたもご同様じゃござんせんか？

初午はもう梅がほころぶ時分で、冷たい西北風《にしならい》とも縁が切れ、町は人出がぐんと増えてにぎやかになりますが、ここ吉原にも毎年太神楽《だいかぐら》の連中が大勢にぎやかしに押し寄せます。

連中が見世の前に立って、笛や太鼓のお囃子入りで傘の上に玉をのっけてくるくるまわしたり、輪鼓《りゅうご》をぽーんと高いとこへ放り投げて下で巧く受け止めたりするのを、若い新造や禿たちが格子越しにぼうっと見とれるのも、春先ならではの風情でして。

それより初午といえば人も知ったるお稲荷様のご縁日で、夜見世になれば花魁の名を書いた夥《おびただ》しい数の奉納提灯が軒にともされて、廓《くるわ》にぎわいが一段と増します。

そもそも廓内には四隅《よすみ》にお稲荷さんがござって、大門《おおもん》を入ってひと筋目を右に折れたら榎本稲荷。左に曲がれば明石稲荷。大門通りをまっすぐ奥へ進んで、舞鶴屋《うち》のある京町通りの右手には松田稲荷が小さな鳥居を構え、左には九郎助《くろすけ》稲荷の大きな祠《ほこら》と紅い幟旗《のぼりばた》が見えます。ここはその昔、千葉九郎《くろ》助という人のお屋敷にあったお稲荷様を勧《かん》請《じょう》したとやら、今戸村の百姓が田の畦から移し替えたとやら、さほどの謂《い》われがあるとも思えんが、縁結びに御利益があるとされて、今や一番人気のお社《やしろ》ですから、初午には担ぎの小間物屋がやたらと群がって、お詣りにきた女たちのふところを狙います。

そういえば、近ごろはあそこに地口行灯《じぐちあんどん》を飾るのが流行りまして、ハハハ、ありゃしらふで見たら実にばかばかしうてなりませんなあ。ぶさいくな女がねじり鉢巻きをした絵は「岡目八目」ならぬ「おかめ鉢巻き」だとか、満開の桜の下でお腹を抱える男の絵が「花が見たくば」ならぬ「腹が痛くば吉野へござれ」だとか。まあ、くだらん洒落ですが、地口が流行りだしたのはわしがまだ若いころでして、舞鶴屋にもたいそうお好きな客人がございました。

そのお方をわしらは「たんき様」とお呼びしておりましたが、けっして短気なお方ではございませんで。丹後屋《たんごや》の喜左衛門《きざえもん》様と申して、日本橋辺に大店《おおだな》を構えられた、見るからに恰幅のいい、福々しい笑顔をした鷹揚なお大尽《だいじん》でございます。ただ時につまらん地口の洒落で、他人までむりやり笑顔にさせようとなさるのが困りもの。

一時は三日にあげずお越しになって、しばしば居続けもなされるので、店のほうからお迎えが来たり、お友だちが直にここへ訪ねて来られたりもします。

中で瀬戸物問屋の小兵衛さんというお人がよくあらわれるのは、半分たかりだから丹《たん》喜《き》様もいささか閉口ぎみでして。とはいえ来られたら店の若い者は取り次がないわけにも参りません。

「へい、旦那。いま階下《した》にまた例の瀬小《せこ》様がおみえでして。お通ししてもようござんすか？」

丹喜様すかさず答えて曰く、

「なんじゃ、猫が来た？　猫が来たら栗鼠《りす》じゃといえ」

これで一座がどっと笑いませんと、ご機嫌斜めと相成ります。ナニ？　その地口は腑に落ちんと仰言《おつしや》るか。ハハハ、いやですねえあなた、「猫」は「瀬小」、「栗鼠」は「留守」のもじりじゃありませんか。地口の謎解きをさせるとは、野暮に過ぎて、もっと困ったもんですよ。

ともあれ、この丹喜様の敵娼《あいかた》は唐橋《からはし》という、深山《みやま》のあとがまに座ったお職《しよく》の花魁でして、内所でひと通りの仕込みを済ませたあかねとみどりは、この唐橋の下《もと》で振袖新造となりました。

新造名はあかねが初桜《はつはな》、みどりが初菊《はつぎく》で、内所に引っ込ませてから三年の月日がたち、ふたりは早や十六の春を迎えております。

十ではまだ月の障りを知らない子どもとて、十三ではもう立派な娘。十六ともなれば世間では嫁入りしておかしくない年齢ながら、わしはもっとふたりが熟すのを待つつもりで、ひとまず振袖新造に据え置きました。世知辛い当節はもっと手っ取り早く花魁に仕立てますが、当時は万事がゆったりとして、一年のあいだ全盛の花魁のそばで見習いをさせておけましたので、ふたりはそこで何かと得ることも多かったはずでして。

いっぽう唐橋には禿から子飼いの振袖新造がいたのを座敷持ちの花魁にしてやり、それに代わってふたりの姉女郎を引き受けさせて、新造出しの面倒まで見るように頼みました。

新造出しは、姉女郎がまず心安い馴染《なじ》みのお客七人から鉄漿《おはぐろ》代と称して金品をかき集めます。妹分の振袖新造が鉄漿の付け初めをする日に、馴染みの茶屋や船宿に蕎麦切りを配ったり、見世先に錦や緞子《どんす》の反物を山ほど積んで飾ったり、うちの若い者へも扇や煙草入れや手ぬぐいを祝儀にやらなくてはなりませんからねえ。おまけに鉄漿初めのあと七日間は花魁が新造の揚げ代をもつ習わしで、毎日ちがった衣裳を着せて仲之町の茶屋へ引きまわします。つまり姉女郎にとってはえらい出費《ものいり》で、それゆえ世話になった新造のほうもひとかたならぬ恩義を感じて、せっせと尽くすようになるんですよ。

新造出しのあとは妓楼《みせ》によっても、またその妓《こ》によっても扱いがちがい、早々に客を取らせるのもいるが、ふたりは一年たったら突き直しをして、呼出しの花魁に仕立てるつもりだから、おぼこのままにしておかねばならず、けっして客はとらせるなと唐橋にいいつけました。

振袖新造は道中で花魁の露払いをするほかに、衣裳替えの介添えやら何やら、日々身のまわりの世話をあれこれといたします。座敷では客人にお酌をしたり、煙草盆を上手に差しだすのはもちろんのこと、花魁が席をはずしたときは話し相手にもなり、また花魁と客人がしっくりゆかぬときは、座が白けぬようにせねばならん。

馴染みの客になると食事のときも箸紙にちゃんと自分の名が書いてあるのがうれしいもんですが、初桜はあるときうっかり取り違えてほかの客の箸紙を渡したから、あとで唐橋に大目玉を喰らったといいます。

座敷の生け花はほぼ一日置きに取り替えて、これを花屋に注文して選ぶのも振袖新造の役目だが、初菊が選んだ花はなぜかすぐ枯れてしまうので、よく叱られたらしい。

あるとき唐橋はわしにこぼしました。

「あのような気の利かぬ振新《ふりしん》を抱えたわたしの身にもなっておくんなんし。部屋もおちおちあけてはおれんせん」

唐橋が文句をいうのはもっともで、しばらく座敷へ出さずにおいたふたりは気がつかないことが多すぎた。が、そこをがまんしてしっかりと教えてやるのがお前の役目、自らの過去《こしかた》を振り返ってみろとわしは唐橋にいってやりました。ふたりにもまた唐橋の叱言《こごと》を大切《だいじ》に聞いておれ、きっと将来《さきざき》の役に立つはずだといい聞かせております。

いくら立派に習い事をさせても、ふたりを長らく内所に引っ込ませていたのは誤りかと申せば、それは案外そうでもない。まだ分別もつかない小娘がずっと花魁のそばにおれば、妙にこまっしゃくれてひねこびた鼻持ちならない妓になりやすい。また悪い駆引きばかりを覚えて、すれっからしの女郎にもなりかねない。そうなればそれなりの客がついたとしても、たいした客ではないから、数で稼ぐしかなくなる。結句だれかれなしに身を売る殺風景な女郎ができあがります。

かりにも大籬《おおまがき》の花魁は、ただ身を売るばかりの女郎と同じにしちゃァいけません。客人に本気で惚れられて、自らは嘘でも恋心が湧かないと身をまかせないくらいの意気地と張りがほしいところ。吉原《ここ》はそういう花魁がいてくれてこそ、「源氏」の昔を今に叶える桃源の郷《さと》と相成ります。

ただし常に七、八人からのお馴染みがいて、それだけあれば十分に見える花魁が次々と新規の客人を迎えますのは、いくら深い馴染みでも、いつ何時ふっつりと縁が切れないとはかぎらないからでして。とかく金の切れ目が縁の切れ目というもまた廓の習い。また男は浮気性だから、まめに通ってくるうちはいいが、足がちょっとでも遠のいたら、せっせと手紙《ふみ》を出してつなぎ止めなくちゃならんし、ほうぼうへ目配りも欠かせません。「付断《つけことわり》」というのをご存じで？　客人が同じ妓楼《みせ》でほかの妓に手を出すのは断じてご法度だが、よその妓楼に乗りかえられてもむろん面白くはない。されば馴染みの客人がよそへ行ったのがわかると、そちらの花魁の元へ「私の客をよろしう頼みまする」と書いた手紙をやる。つまりは、うちへ断りなしでは困るぞとやんわり文句をいうわけでして。手紙に菓子など添えて晴れ着をきせた禿に持って行かせると、向こうもその客人が登楼《あが》ったらこちらに報せをよこし、ふつう馴染みにならないのは、いわば花魁同士の仁義立てとでも申しましょうか。

厄介なのは向こうがそうした義理を欠いたり、根っから浮気者の客人が本気で乗りかえそうになったときで、そうなるとたいがい大騒動が持ちあがる。唐橋ほどの花魁にも一度それがありましたが、フフフ、騒動の渦中にいたのは唐橋よりも初菊で、客人は例の地口がお好きな丹喜様でございました。

丹喜様は浮気者というよりも根っから廓好きの御仁で、これぞという評判の妓はひと目見たくなるんでしょうなあ。松葉屋《まつばや》で何代目かの瀬川が誕生してからほどなくして、一度そちらに登楼されたことがありました。ちょうどその日は初午の前夜に当たり、どこの通りも奉納提灯で明るく照らされておりますから、登楼はたちどころに知れて、すぐにうちの耳にも届きました。

唐橋は無邪気な物好きの病と知って、はじめは放っておくつもりだったようで。なにせ相手はすっかり茶びん頭になった旦那だから、別に妬《や》きもちも起きなかったんでしょう。

ところがどういうわけか初菊が妙な忠義立てをして、断然これを懲らしめねばならんといきり立ったらしい。

そのころの初菊は背丈が伸びだして、当人はそれをちょっと気にしておりましたくらいで。顔立ちも急におとなびてきたが、まだ禿のときと変わらぬくりっとした可愛い眼をしております。丹喜様のお覚えもめでたかったはずでした。

いつぞやわしが座敷へご挨拶に顔を出した折、唐橋が何かのことで「そりゃ残念でありんすのう」と申したら、丹喜様がすかさず「残念のことをいえば鬼が笑うぞ」と例によってのつまらん地口で、初菊ひとりがおかしそうにけらけらと笑いました。箸が転んでもおかしい年ごろだけに無理して笑うわけでもないから、丹喜様のご機嫌は至ってよろしい。以来、何かと用事をいいつけて、そのつど小遣いを与えてらしたようで。初菊も今宵は丹喜様がご登楼と聞けば、ぱっと目が輝いて、ハハハ、当の唐橋よりもうれしそうな顔をしたとか。

ああ、そういえばこんな話もありました。

廓は吸い付け煙草が付きもんで、キセルの吸口や羅宇《らお》にはよく煙脂《やに》がたまります。キセルの掃除も振袖新造の受け持ちで、花魁に恥をかかせないよう、こまめに紙縒《こより》を通しておりますが、それでもふとした折には急に通りが悪くなったりもする。

ある晩、唐橋から吸い付け煙草を受け取った丹喜様はひと口吸ったあと、おやっと首をかしげて、吸い直そうとしたので、ふたりは青くなった。丹喜様の手から先にキセルを受け取ったのは初菊でして、自分でもやはり吸えないもんで、こんどは顔を真っ赤にしておる。

初桜のほうは存外落ち着いたそぶりで懐紙を裂いて、するすると紙縒を一本よりあげると、初菊の手からキセルをそっと取りあげて吸口に紙縒を差し込んだ。すぐにまたそれを初菊がもぎ取ったが、紙縒は吸口に巧く通らず、あわてて火皿から入れようとして中折れしてしまった。その間に初桜は二本目の紙縒をよってキセルを取りもどす。またしてもそれを初菊が引ったくろうとしたところで、丹喜様はポンポンと手を打ち鳴らします。

「おーい、だれか来やれ」

とたんに廊下の若い者が顔を出して、

「へい、旦那、御用はなんでござんしょう?」

「ほかでもない。煙脂がいっぱい詰まったキセルをもう一本ここへ持ってきてくれんか。二本あれば、このふたりに一本ずつ通してもらえる」

これには唐橋もふっと吹きだし、初菊と初桜は真っ赤になってうつむいたとか。ハハハ、こうなると丹喜様の洒落も悪くはございません。

若いころから色男にはほど遠い人相だったとご自身でも仰言る通り、ずんぐりした躰《からだ》つきで、丸いお顔に団子っ鼻、笑うと眼がしわに埋もれますが、お人柄でその顔になんともいえぬ愛嬌がある。唐橋も初会は振ろうとしたが、馴染みになって心底よかった客人のひとりだと申しておりました。

若い者やほかの女郎衆にも至って評判がよかったし、禿にまでえらく人気があったのは、居続けをなされた日に大勢の子を呼び集めて鬼ごっこや隠れんぼをしたり、お菓子を配ったりなさるからでして。よく若い子のそばにいると自分も若返るなぞと申しますが、わしもこの歳になって、丹喜様のお気持ちがよくわかりますよ。

いっぽう丹喜様にかぎらず、年寄りの客人はふしぎと若い新造や禿に人気がある。そりゃ若い男とちがってぎらぎらした刃物を見るような怖さはないし、世間話も年の功で面白いから、早くに親元を離れた娘たちにすれば、お父つぁんに甘えるような気分になれるんでしょうなあ。

丹喜様が松葉屋に登楼なすったことで、初菊がいきり立ったのは、こりゃ当人が気づいてたかどうかは知らんが、丹喜様と仲良しだったればこそではないか。唐橋に忠義立てしたというより、自分が裏切られたような気がして、ついかっとなったんじゃねえか、と、わしはみておりました。可愛さあまって男を懲らしめようとするのは廓にかぎらぬ女子《おなご》の常で、ハハハ、こりゃどこのお内儀《ないぎ》やお娘御も変わりませんよ。

その朝の初菊は初桜と二人禿を引き連れて大門の手前にじっと佇んでおりました。廓はまだ昼見世が始まる前で仲之町の通りも閑散とし、ぱらぱらと大門口《ぐち》へ向かう帰り客の中に、丹喜様の姿がすぐ見つかった。一同はばっとそばに駆け寄って、初菊がいきなり大音声を張りあげます。

「浮気者の成敗じゃァ」

丹喜様が棒立ちになると、禿がまず羽織の紐をほどいて、初菊が後ろから脱がしにかかる。あっけにとられた丹喜様はなす術《すべ》もなく、左右から禿に手を取られたところで、初菊が帯の結び目を解き、するりと抜き取ってしまいます。こりゃいかんと気づいた時すでに遅しで、前がはだけて大門を出るにも出られず、

「待て待て、子ども衆、悪ふざけもほどほどにしたがよい」

と叱りつけても無駄なこと。初菊から初桜の手に渡った帯は仲之町をひらひらと飛んでゆき、丹喜様は取りもどすのをあきらめて、大門の外へ出ようとするも、初菊が着物の袖をしっかりつかんで逃しません。

「さあ、おいでなんし。唐橋花魁がことのほかご立腹で、すぐに来て詫び言なさんせねば、面当《つら》てに死んでのきょうと仰せじゃ」

大げさなことをいい立てて、片袖を強く引っ張ったとたんに縫い口がびりっと裂け、丹喜様はますますぶざまな恰好で逃げまわるはめになる。仲之町から江戸町の筋にもどってひとまず天水桶の陰に隠れると、初菊は上に積んだ手桶で水を汲んでざんぶりと頭から浴びせる始末。こりゃたまらんと逃げだすのを追っかけて、一行はまたわらわらと

仲之町に出て参ります。

初菊に右腕を取られ、ふたりの禿に左手を握られた丹喜様はなんとかこれを振り切ろうとしてぐるぐるとまわる。振りまわされた初菊は通りに並んだ誰哉《たそや》行灯へまともにぶつかるわ、下駄の鼻緒が切れて片裸足になるわ、髷はもうむちゃくちゃに崩れて見る影もないありさま。茶屋の女房や若い者が通りに出てきてあきれ顔で見物し、その笑い声がだんだん高まるなかで、丹喜様と初菊もついにはげらげらと笑いだし、共に滅茶苦茶な恰好で仲良く手をつないで暖簾《のれん》をくぐって舞鶴屋《まいづるや》の一同をびっくりさせました。

さあ、そこからがまた大変だ。丹喜様はすぐさま二階に連れて行かれて、唐橋の座敷でなぶられるはめになる。関《かか》り合いのないほかの女郎衆までどっと押しかけて一緒になぶるのは気の毒ながら、これも廓のご定法とあきらめて戴くしかありません。扱帯《しごき》で後ろ手に縛られて、元結《もっとい》を切られたザンバラ髪で、顔には墨でいたずら書きをされます。新造らにキセルの先で小突かれたり、大勢の禿によってたかってくすぐられたりと、さんざんな目に遭わせられる上に、飲まず喰わずで小便もできないからたまりません。

まあ、こういうときは、こちらも見て見ぬふりで放っておくんですよ。いくら止めたところで聞く耳を持ちませんからねえ。とかく女は気がのぼせあがると油紙に火が付いたようになって、理屈も分別も見境も何もあったもんじゃないが、ひとりでも厄介なのに、群がって束になったら、もう手の打ちようはありません。ひとりがキャーッと叫べばたちまち地獄の阿鼻叫喚、ひとりが泣けばお葬《とむら》いの寄合所帯。大勢の女を抱えた商いには、それなりの覚悟も要れば、巧みに操る便法も心得ておかねばなりません。

思えばここにいるのはいずれも哀れな女たちで、日ごろ身を売る勤めの憂さ辛さが積もり積もって、みな胸中にでかい癇癪玉《かんしゃくだま》をこしらえております。それが一時にどんと破裂したら、ここにいて甘い汁を吸うわれらは即座に吹っ飛んでしまいましょう。されば折に触れて小出しで憂さ晴らしをさせておく。浮気の成敗でなぶられる客人はたまったもんじゃなかろうが、妓楼《みせ》のほうはそれでちったァ女郎衆の憂さ晴らしにもと……へへ、こりゃあんまり人には聞かせられぬ内輪話でございました。

丹喜様も廓のわけ知りだけに、そこらあたりは承知の助で、野暮なお腹立ちはなさらずに、人気の裏返しだと合点して、おとなしくなぶられておいでだった。いや、様子を見に行った若い者の話では、ハハハ、あのお歳で大勢の女郎衆にキャアキャアいわれるのがむしろうれしそうだったとか。

その日は初午の紋日《もんび》に当たって、唐橋はほかに大切《だいじ》な客人があったから、丹喜様は夕方には許されて舞鶴屋を出られました。門口を出しなに初菊と初桜を誘って九郎助稲荷にお詣りをなさると、祠のまわりに群がった小間物屋に声をかけ、ふたりにそれぞれ気に入った簪《かんざし》を仲直りのしるしに買ってやるという、まあ太神楽が品玉を操るように若い子のご機嫌を取るのもお上手だった。

初菊はわが名の菊模様をほどこした銀の平打《ひらうち》を買ってもらい、帰ってからそれを大いに見せびらかしておりましたそうな。

雨降って地固まるのも男女の仲で、花魁は時に客人と派手な喧嘩をしないと深間《ふかま》にはならんと申しますが、初菊は仲之町で丹喜様と派手に取っ組み合って、共に笑いものになってから余計に親しみが増したんでしょう。二、三日してこんなことがあったといいます。

二月いっぱいここらをうろつく太神楽の連中が見世先に立ち、太鼓や笛を鳴らしはじめると、初菊がにわかに格子に取りついて外を指さしながら叫びました。

「あれあれ、丹喜様があのように器用な真似をして」

そばにいたほかの新造がつられて外を覗いたところ、やや離れた場所で老けた男が品玉を操っております。丸顔でたしかに少し似ているような気がしなくはないが、とり立てていうほどのことでもなさそうだった。

ポーン、ポーンと高く放り投げた玉を男が下で巧く受け取るたびに、「丹喜様、お上手」と初菊はさかんに囃し立て、淋しい懐《ふところ》から小銭をつかみだしてその男に取らせると、立ち去る後ろ姿をしばし見送っておりましたとか。

それからどうも様子がおかしい。さっきまで陽気にはしゃいでおった妓が急に鬱《ふさ》ぎ込んだようになって、格子に取りついたまま黙って青い空の彼方をぼんやり見あげております。気が走り過ぎる妓だったはずが、その夜は唐橋に用事をいいつけられても聞き直しをするくらいに心がお留守で、遣手《やりて》の婆さんや若い者も首をかしげる始末でした。

次の日は昼飯が済んで見世をそっと抜けだしたから、心配した若い者があとをつけたら、九郎助稲荷にお詣りをして何やら熱心に念じていたとか。あそこは縁結びで知られるだけに、ひょっとしたらだれかに岡惚れしたんじゃねえか、若い者の中でだれか心当たりはねえかと陰で噂になりました。

初菊と初桜のふたりは唐橋付きの新造になって早や一年が過ぎようとしており、月が替われば突き直して呼出しの花魁で売りだすと決まっておる。その前に変な虫でもついたら事だから、周りは何かと詮索をいたします。

妓楼には若い者が大勢いて、客人や女郎衆のお世話をするいっぽうで、しっかり見張り役も務めております。一軒の家に若い男女が顔を突き合わせておれば、間違いがあってもふしぎはないから、互いを見張ってもおります。若い者と女郎の色恋は断じて御法度で、そうしないとわれらの稼業は成り立ちませんし、若い者もそこはよく心得て、勤め先の女にはけっして手を出さない、というより、まずその手の気が起こらないのかもしれません。まあ正直申して、きれいに装った表の顔とはかけ離れた女の裏の顔ばかり見せられておれば、なかなかそういう気にもならないし、女のほうも日ごろあけすけになんでも見せちまう相手だから、懇意にはなれても、色恋を共にする仲にはなりにくいんでしょうよ。

もっとも、まだおぼこな振袖新造は身近な男についつい心を惹かれがちだから、用心するに越したことはないと、わしは親父に教わりました。

素人の生娘は役者絵を見てでさえぽおっと顔を赤らめたりもするらしい。さすがに廓育ちだから、絵姿に惚れるというほど幼くはないだろうが、猫も恋する季節とあって、初菊は雌猫のようにむずむずする気持ちを抑えかね、つまりは恋に恋するといったふうなのではなかろうか。

女は好きな相手ができると、だれを見てもその男の面影を見つけようとするようなところがあるといいます。太神楽の話と思い合わせて、わしはひょっとしたら丹喜様がその恋に恋するお相手ではなかろうかと存じました。

ハハハ、そう思ったとたんに自分でも笑いだしたくらいでして。相手はわしよりも年輩で、初菊とは父子どころか祖父と孫に近いくらい年齢が離れております。おまけに顔や風采もおよそ若い娘の色恋とは結びつきそうにない御仁だし、われながら突飛な話で、まさかとは思いつつ、どうも気になる。初菊は親父のように甘えられる相手と仲之町で派手な取っ組み合いをして、共に恥をかいたことで絆が深まり、親しみが増した。それが恋に恋する相手に仕立てあげたきっかけではないかという気がしたんですよ。

もっとも当時その話はだれにもしておりません。なにしろ丹喜様が初菊の恋のお相手と聞けば、お釈迦様でも腰を抜かされそうでして。若い男の目から見れば、およそ色恋とは最も似つかわしくないお方でございました。

だが女の目はやはり侮れないもんでして、唐橋だけはなんとなく気づいておったのかもしれません。

ある日こういうことがありました。ああ、その前にひとつ忘れずに申しておかねばならんことがございます。

売れっ子の花魁には客人がかち合うときもめずらしくない。初会の客と馴染みの客なら、初会の方には、ほかの妓を見立て直しくださるようお願いする。馴染み同士が鉢合わせをすれば、花魁の心任せにいたします。どちらの顔を立てるかで、心の靡《なび》きようがはっきりわかるとお思いかもしれんが、花魁がみな左様に浅々しい分別をするとはかぎりません。

たとえばふたりきりでしみじみと逢瀬を楽しむか、幇間《たいこもち》や女芸者を座敷に呼んでにぎやかに騒ぐかで、廓の費用《かかり》は相当ちがうから、花魁も時には妓楼の稼ぎや朋輩《ほうばい》の手前もあって、ぱあっと派手に遊ぶ客人をわざと選ぶときがあります。また深い馴染みのほうがかえって話をつけやすいので、お引き取り戴くということもある。客人がかち合ったときばかりお断りした客人には花魁が自らの名代《みょうだい》を差しだします。

でなく、病気や月の障りでも名代の妓がお相手をする習いで、その妓には花魁と同じ揚げ代を払っても、客人はまず手を出すという野暮はしないもんでして。蒲団の上に枕ふたつ並べながら何もしないで夜を明かすんじゃ、ハハハ、なんだか踏んだり蹴ったりのようでお気の毒に存じますがね。

名代はたいがい花魁付きの振袖新造がつとめるもんで、初桜と初菊も唐橋の名代を何度かつとめておりました。

緋縮緬《ひぢりめん》の蒲団を敷いた小部屋に男女がふたりっきりで一夜を過ごせば、お互いおかしな気持ちにならないほうがふしぎですが、唐橋の客人ともなれば皆さん気が通ってらっしゃるから、すぐに床祝儀《とこばな》を置いて、

「ここでちったァ寝《やす》むがいいよ」

とやさしく声をかけながら、速やかに障子の外へ出られます。

夜の勤めは寝不足になりがちで、ことに若い妓はいつでも眠いから、客人の言葉に甘えて朝まで独りでぐっすりと寝られるのは、まあ、名代の役得とでも申せましょうか。

もちろんそう巧くはいかないときもある。せっかくだから話し相手になれといって、花魁の日ごろの様子をこと細かにたずねられたり、逆さまに愚痴や自慢話をあれこれ聞かされたりもしますんで、名代をつとめる妓はなるだけ口の堅いほうがよろしい。唐橋が初菊より初桜を名代に立てるほうが多かったのも、ひとつはそのせいだったかと存じ

ます。

例の丹喜様にはお気に入りの初菊が名代をつとめたこともあったが、部屋からひと晩中けらけら笑い声がして、ハハハ、隣の客人はえらく気が散ったとかで、唐橋があとでさんざん文句をいわれたような話も聞きましたよ。

その夜は丹喜様と、唐橋に身請けの約束をしておられた大切《だいじ》なお馴染みがかち合って、また丹喜様のほうへ名代を差しだすことになり、唐橋は敢えて初桜を名指ししたらしい。それはひょっとしたら何かまちがいがあってからでは遅いという分別が働いたのかもしれません。初菊が淡い恋心を持ったのは、どことなくそぶりにもあらわれて、唐橋はそれを勘づいたんじゃないか。もしそうなら、丹喜様といえど男たるもの据え膳を喰う気が起きないとはかぎりませんので、唐橋の判断は正しかった。

したが、それは思いがけないことに……いや、まあ、話は順を追って致しましょう。

ところで前に申した通り、道中ができるのは廓でもごくわずかな呼出しの花魁にかぎられますから、道中の評判は花魁の人気を大きく左右いたします。あの重い道中衣裳を着て、高さ八寸もある桐の駒下駄で外八文字を踏むのはなまなかなことではなく、始めは皆それなりの稽古を積まねばなりません。初桜と初菊は月が替わればすぐにも披露せねばならんとあって、昼どきは廊下で稽古に余念なく、遣手や若い者はもとより、わしも暇があれば覗いて、何かと姿に注文をつけます。

その日はどうも初桜の様子がおかしい。何やら腰つきが頼りなさそうで、足の踏みだしようもおぼつかなく、ともすれば右へ左へとよろけて見える。初桜は、ほら、例のあいかねでして、禿の時分は大羽子板を抱えてよろよろする芝居をした子だが、今はそんな芝居をする理由《わけ》もなく、あと何日かでお披露目だというのに、いくらなんでも心もとないと存じました。

「あの妓はあれで間に合うのかい？」

と思わず唐橋に訊いたら、やっぱり少し首をかしげながら、

「昨日はもうちっとしっかりして見えんしたに、今日はまたどうしたことじゃやら……」

といいさして、アッと声をあげそうになる口を押さえます。わしは訝《いぶか》しげにその横顔を黙って見ておりました。

初桜の歩きようがどうもおかしいのはだれの目にもあきらかで、一緒に稽古をする初菊もじろじろと見て、

「あんよはお下手、転ぶは上手」

とずっけりいう。

幼子がよちよち歩きをすると「あんよは上手、転ぶはお下手」と囃すのを逆さまにした悪洒落でした。初菊はもともとなんでもはっきりものをいう妓だが、そのときはずい

ぶん嫌みに聞こえたから、わしは初桜を呼んで、わざとやさしくたずねてやった。

「今日はめずらしく不出来のようだが、何かあったのかい？」

いつもの初桜なら目を伏せがちにして答えるところだが、そのときはこれまためずらしく、こちらの眼をまともに見て、ちょっとはにかんだように笑いながら、

「あい、昨夜《ゆんべ》はよう眠れなんだせいか、廊下がゆらゆら揺れて見えんす」

その声が妙に堂々としてというか、自信ありげに聞こえるのもふしぎだった。

唐橋に昨夜の様子を訊いたら、何喰わぬ顔つきで、

「眠れんことはままある習い。いちいち気にしてもおれんせん」

と、こちらはやけにそっけない返事だ。

そこでふたたび遣手にたずねると、昨夜の初桜は名代で丹喜様と一緒だったのが知れましたから、わしはまた例のつまらん洒落を延々と聞かされて寝不足になったもんだとばかり……ハハハ、われながらなんともおめでたい話でして。

唐橋はさすがにすぐ気づいたらしい。あとでさんざんとっちめられたと、丹喜様がわしに打ち明けられました。

えっ、何をだって？　ハハハ、お前さんもたいがい野暮なお人でござんすねえ。ここまで話せば、おおよそ見当はつきましょうが。

唐橋は丹喜様をつかまえて、こうなじったそうだ。

「ぬしは見損のうたお人でありんすなあ。まさかあの初桜に手出しをなさるなぞとは思いも寄りませなんだ。楼主様《おやかた》にも申しわけが立たず、わしの顔は踏みつけにされ、あんまり情けのうて涙もこぼれんせん」

丹喜様はその場で両手をついて、

「面目ない。謝った。何もかもわしが悪かった。あの妓のことは責めんでやっとくれ」

と初桜をかばったのは、当然といえばまあ当然です。

唐橋にしてみれば、馴染みを寝取った若い娘に腹を立て、憎んでも仕方がないが、そこは立派な呼出しの花魁だから、般若の角をにゅっと出すようなはしたない真似はしなかった。ハハハ、こう申してはご無礼ながら、なにせ相手が丹喜様では妬きもちの火もめらめらと燃え盛りはしなかったのか、初桜を責めたり陰で意地悪するようなことはなかったらしい。

さて初桜が摘《つ》まれた経緯《ゆくたて》は、フフフ、こりゃわしも見てないもんで嘘か真実《まこと》かわかりませんが、丹喜様から聞いた通りにお話しするしかございません。

その夜の丹喜様は唐橋に会えるつもりで、襦袢には香を燻《た》きしめ、下帯も真新しい緋縮緬に取り替えて、むろん月額《さかやき》や髭もきれいに剃り、房楊枝で念入りに歯を磨いてお越しになった。

いや、あなた、笑っちゃいけませんや。呼出しの花魁と一夜を共にしようと思えば、左様な身だしなみも欠かせません。いくら人を笑わせるのがお好きな丹喜様とて、閨の作法まで嗤《わら》われるわけにはいきませんからねえ。

ところが通されたのは唐橋の座敷ではなくて、うすら寒い名代部屋だったから落胆も甚《はなは》だしい。夜具も唐橋の部屋にある豪勢な三つ重ねではなく、色落ちのした一枚蒲団だし、煙草盆はと見れば蒔絵《まきえ》が剝《は》げかかっておる。妓楼は敵娼の格に応じて調度の類《たぐい》まで異なり、名代の新造が相手なら扱いがたちまち貧相になります。かと申して、ひとたび登楼したらさいご、取り消して帰るというような野暮はできないのが馴染みの辛さで、ここは辛抱して名代の妓があらわれるのを待つしかない。

しばらくすると襖《ふすま》がそっと開き、敷居の前でおとなしくお辞儀をした新造の顔を見て、丹喜様は意外の面もちだ。せめて初菊が名代に来てくれるものと思いのほか、あらわれたのはどうやら馴染みの薄い妓のほうで、こちらに目も合わさず恥ずかしそうにうつむいておるばかりだから、どうも最初《はな》から勝手がちがって困ったらしい。

初菊は話をすればなんでも面白そうに聞いてくれたが、もうひとりは笑い声を聞いた覚えもなければ、陰が薄くて顔すらはっきりしなかった。九郎助稲荷で簪を買ってやったときも、初菊はあれこれと迷って騒いだのを想いだせるが、片方には買ってやったかどうかもわからないくらいだ。それゆえちと物好きの血が騒ぎ、隅にあった角行灯《かくあんどん》をわざわざそばに近づけて、

「今宵の名代はそなたか。どれ、顔をしっかりお見せ」

わりあい強い口調でいうと、うつむいた顔が静かにもちあがり、刹那、白い額がまぶしいほどに輝いて美しく見えたといいます。

丹喜様にとってはいわば初桜の見初めでして、ふだん気にも留めなかった妓だけに、胸が一瞬どきついたとか。が、それはその場かぎりのことで、まさか孫のような年ごろの娘をつかまえて、どうこうする気が起こるはずもなく、ひと夜の暇つぶしには、初菊にしたのと同じように、蒲団の上であぐらを組んで何か面白い話を聞かせてやろうとなされた。

「されば桃太郎の昔噺の続きをしてやろう。鬼ヶ島の手柄に味をしめ、ふたたび例のきび団子を腰にぶら下げて歩いておれば、また例のごとく猿がやって来て『桃太郎殿、いずこへござる』『此度《こたび》は竜宮城へ玉取りに参る』『腰につけたは何でござる』『こりゃ申すまでもない日本一のきび団子』『ひとつ下さい。お供いたす』。これにて桃太郎が団子をひとつ与えたら、猿は手に取ってつくづくと見ながら、『もし、旦那、こりゃ前より少し小さいぞ』」

こうしたつまらん小咄をいくつ披露しても、初桜は相変わらず伏し目がちで、くすりともいたしません。ハハハ、初菊ならちゃんと笑ってくれたんでしょうなあ。

初桜にはまるでその手が通じず、話す自分がだんだん恥ずかしくなる始末。さりとて若い新造を相手に淫らな破礼《ばれ》話をするのもどうかと思われ、しんみりした身の上話を語って聞かせるような柄でもないから、ほとほと弱ってしまい、

「どりゃ、もう寝ようか」

と、ふて寝よろしく身を横たえて枕に頭をつければ、初桜はすっとそばに寄って掛け布団を整えてくれます。それでふと情のようなものが湧いて、「そなたは寒うないか」と訊いてやった。

春とはいえ夜風は冷たい。むろん蒲団はひとつだが、親子よりも歳がちがう相手を気にするのはかえって大人げないように思われて、

「一緒に入らぬか」

と蒲団の端をめくったところ、初桜は黙ってするりと入ってきた。

ひんやりしたつま先が足に触れて、どんな寒いときでも足袋《たび》を穿《は》かない女郎の境涯に哀れを覚えながら、足は動かさずにおいてそっと寝返りを打った。お互い背中合わせで寝めばよいと思いのほか、初桜はこちらに覆いかぶさるように身を寄せてきたので、生温かいふわふわしたものが背中にあたり、紅《べに》脂や白粉や鬢付油《びんつけあぶら》の入り交じったなんともいえぬ匂いが鼻《は》腔《な》をくすぐって、乙な気分になった丹喜様はなかなか寝つけません。

これではいかんとまた寝返りを打てば、まともに面と向き合った。伏し目がちにした初桜は眉も整えず、額や鬢の生え際に産毛が混じって、まだどこかに幼さが残る顔だが、

肌はぴんと張って鮑貝の殻の裏を見るようにつやつやしております。

唐橋の肌とはこうもちがうのかと見とれるうちに、何不自由ない今の暮らしが急につまらなくなった。何やら妙に切ない気分で、苦労が多かったあの若い時分に、もう一度戻れるなら戻ってみたいという思いにすらなる。

「若いうちは眠たかろう。ここでゆっくりと寝むがよい。どりゃ、早う寝んと、こうするぞ」

子どものような悪ふざけで脇腹をくすぐると、初桜がかすかに声を立てて笑った。丹喜様は初めて聞く笑い声にうれしくなり、はしゃいでくすぐり続けると、初桜はすっかり息があがって耳たぶやのど元まで紅く染めながら苦しそうに笑っておる。折しも中庭に乱れ咲く沈丁花の香りが鼻をついた。めくれた裾から娘の真っ白な脛《すね》が飛びだすと、どうにも我慢ができなくなった。自分でも驚くような素早さで扱帯を解き、気がつけば肩口をぎゅっと押さえ込んで、緋色の襦袢から覗いた可愛らしい乳房をついじっと見てしまう。

ヒャッという悲鳴を聞いて急に頭がくらくらとした。自分はなんと馬鹿なことをしておるのかと恥じ入りつつも、近ごろめったとない勢いで猛り立つものには抑えがきかない。手荒な真似をするのは痛々しいが、遠からずだれかの手で散らされる花ならば、いっそ自分がその花盗人の悪党を引き受けてやろう。けっして恨むまいぞと心でつぶやきながら、こんどはじいっと顔を見据えれば、長い睫毛が大きくもちあがり、濡れ光りした漆黒の眸《ひとみ》が怖いほどにきらめいて、奈落の淵に吸い寄せられる。

「目を閉じたがよい。大船に乗って揺られる気でゆったりと構えていやれ」

と、やおら腰紐を抜き、襦袢のうちへ手を差し込めばまたギャッと悲鳴をあげて、初桜の躰は蒲団の下へ転がり落ちた。こうした手を焼くのは女房を娶《めと》って以来のことかと思えば、自分が若返ったようで妙にうれしい。

「けっして怖がるまい。しばらくじっとしておれば済むことじゃ」

なだめすかして、ふたたび躰を蒲団の上にあげ、しばらく肩を抱きすくめておれば、相手も覚悟を決めたようにもう抗うことはなかった。が、肌に手を触れるとくすぐったそうに身もだえするのはさすがに生娘で、

「これ、笑うてはならぬ」

丹喜様らしからぬせりふをつぶやきながら、柔肌を掌でゆるゆると撫でさすり、だんだんと下のほうへ手を伸ばしてゆくが、肝腎のとこで、アッという悲鳴があがってまた逃げられてしまう。さすがにいい加減うんざりしてきて、柄にもない真似が恥じられた。

「もうよい。済まなんだ。わしは帰るゆえ、そなたは安心して眠るがよい」

起きあがって身仕舞いをしかかると、ちょんちょんと裾を引かれた。下には相手の顔がにっこりと笑って見える。どういうつもりか、こんどはまるで誘われておるようだか

ら、逆に弄ばれる気分だ。こっちが焦らされてかっかとなれば、向こうはかえって気が落ち着いたのか、ほんのわずかの間に床あしらいを会得でもしたように腕を伸ばして脚をからめてくる。女子は幼くともやはり魔性だと思うしかない。

内股やふくらはぎも肉のしまりがよすぎるから、これを丹念に揉みしだき、甘噛みなどして十分にほぐした上で、いざ足首を持ちあげて事に及ぼうとしたが、貝はぴしゃりとふたを閉じて銛《もり》を刺すのが容易でない。とてもひと晩では片づきそうにないとあきらめかけたところで、ふいに軽く脇腹をくすぐってやると、相手の力が抜けてするりとふたが開いた。が、鋭い悲鳴を聞くと、なんとも切なげな顔を見続けるのは忍びなく、奥の院まで至らずにはやばやと抜き身を外し、あとの始末は自分でつけて、ようやく人心地がついたところで、丹喜様は急に味けない気持ちになったのだとか。

片や初桜のほうはいつの間にか床の上に起き直って、またにっこりしておる。悪びれる様子は微塵もないどころか、むしろ凄みがあるほど艶っぽい眼差しをして、表情《かお》には自信めいたものすら浮かんでおるではないか。青いさなぎがみごと美しい蝶に生まれ変わったのをぽかんと見とれておりますと、その蝶はこちらをからかうような声をあげた。

「わたしが笑いんすに、ぬしは笑いんせんのか」

これはなんとも末恐ろしい妓だと恐れ入って、たちまち味けない気分も吹っ飛んだ。丹喜様は腹を抱えて大いに笑われ、ひと夜の祭がめでたく幕を閉じたといいます。

ふたりの仲はむろんそれっきりで二度と閨を共にすることはなかった。

月が替わると初桜は小夜衣《さよぎぬ》を名乗ってみごとな花魁道中を披露した。丹喜様は黙ってそれをまぶしそうにご覧になっておりました。ふたりの夜のことをお話しくだすったのは、唐橋がこの廓《さと》から根曳《ねび》きをされて、小夜衣が唐橋の跡を継ぐお職の花魁になろうとするころでした。

聞いたときはその話を真に受けていいものやらどうやら。ハハハ、なにせ相手が洒落のお好きな丹喜様だし、とかく男はいい女を見れば、手ひとつ握ったことのない相手ですら、自分とわけありのように吹聴したがる癖がありますからねえ。丹喜様もご自身で、

「初午ではないが、なんだか狐につままれたようで、われながら本当のこととは思えんのじゃ」

と仰言っておりました。

狐につままれたようだったのは、丹喜様が例の夜のすぐあと唐橋の座敷で初桜と顔を合わせたときのこと。ここまでしらばっくれるもんかと驚くほど相手は素知らぬ顔つきだったが、自分はついそちらをじろじろ見てしまう。唐橋に気づかれて、さんざんとっちめられたのも無理はなかった。

気づいたのは唐橋ばかりではなかったようで、初菊が妙によそよそしくなり、もうどんなに洒落をいっても無邪気に笑ってくれなくなって、実に淋しい思いをしたといいま

す。いやはや小娘といえど女子の勘は侮れずと思われて、丹喜様は後悔しきりだったとか。

初菊にしてみれば、淡い恋とまでは申さずとも、お父つぁんに甘えるようにして心を許した相手からとんだ裏切りに遭い、男はつくづく信用がならんと娘心に悟ったかもしれません。

初菊はそれまでに初桜の様子がおかしいのをちゃんと気づいてたんでしょうなあ。そりゃ廓育ちなら当然のごとく耳年増にもなり、男女のあいだで何があったかの察しくらいはつきましょうよ。

思えばあの日、廊下で道中の稽古をした折に、「あんよはお下手、転ぶは上手」と意地悪く毒づいたのも、初桜が丹喜様に転んで身をまかせたのをそれとなく諷したんじゃねえか、と、わしはあとになって気づきました。

初桜が小夜衣となり、初菊が胡蝶《こちょう》になってからは互いにしのぎを削ってしっかり稼いでくれましたが、胡蝶はとりわけ小夜衣と張り合う気持ちが強くて、陰じゃときどき「あの九郎助めが」とか「あれはお狐《きつ》のコンコンだから」と罵っておったらしい。ハハ、澄ました顔でいっぱい喰わされたという苦い思いが、何かほかのことでもあったのかもしれません。

ともあれ初手にしてやられたという気持ちを起こさせたのがあの丹喜様だったとすれ

ば、ハハハ、こりゃ臍《へそ》が茶を沸かすほどおかしい。茶釜ならぬ茶びん頭のぱっとしない見てくれでも、若い振袖新造がふたりして取り合ったんだから、大《てえ》した色男ですよ。男は断じて見てくれじゃァございんせんねえ。

ならば女は見てくれだけかといえば、これが案外そうでもない。

初桜と初菊を比べたら、むろん好みにもよるだろうが、当時まだ初桜はぼんやりした幼な顔に見えたし、初菊のほうがずっと大人びて男心をそそる顔立ちだったように存じます。

丹喜様は見てくれで初桜のほうへ靡いたというわけではなく、ひょんな成りゆきで初桜の流れに乗って竿を差すはめとなった。初菊とはむしろ互いに親しみがあったからこそまちがいが起きなかったわけでして、ハハハ、そこらが男女の間柄の面白いところでしょうか。

初菊はなまじ丹喜様とまちがいがなかったからこそ、親父よりも年上のような男に嫉妬の炎《ほむら》らしきものを燃やせたんじゃねえか。

それにしてもふしぎなのは初桜の気持ちでして。本気で逃げようとすれば逃げられたはずなのに、丹喜様にあっさり身をまかせたのは一体どういうつもりだったのか。いずれだれかの手で散らされる花なればという、あきらめをつけたのかもしれんが、相手が相手だけに、いささか腑に落ちん気もいたします。

ひょっとしたら初菊が丹喜様に淡い恋心を持つと知って、わざと横取りしたくなったんだろうか。いやはや、女心には得てしてそういうとこがありましてねえ。そりゃ長年こうして大勢の女と暮らしておれば、女心の色んな綾も見えて参りますよ。

初桜は初桜で、当時は自らも淡い恋心を抱く相手があったはずなんだが……ああ、この話はまたあとでゆっくり申しましょう。

ただ、かりに丹喜様の話が本当だとして、小夜衣にはそれが初めてとはかぎらんかもしれん。そりゃどういうこったって？　小夜衣の初穂を摘んだのは本当は自分だと仰言る客人がほかにもおいでになったからですよ。ハハハ、つまりおぼこなはずの振袖新造から突き直して花魁になったばかりの小夜衣は、実に立派な生娘だったというわけでして。

ひょっとしたらあの妓は道中の稽古をするように、丹喜様と閨の稽古をするつもりだったのかもしれん。フフフ、稽古の相手にはもってこいだと見たんじゃねえかと、もちろんこれはあとになって思ったことでした。

小夜衣ならそういうこともやりかねんと、あとからは振り返れても、まさか十六、七の小娘が左様な大それた真似をしようとは思いも寄らず、わしはすっかりだまされたままで初桜を呼出しの花魁に仕立てた。唐橋と初菊もその件については口を拭って何も申しません。そこらは廓に暮らす女同士の怖いところでして、肝腎のことになると知らず知らず手を取り合って、男の手から朋輩を守ろうといたします。

丹喜様の話がもし本当だとしたら、わしは知らぬ間に掌中の大切な玉に瑕《きず》をつけられたわけだから、もっと腹を立ててもよさそうなところだったが、ハハハ、聞いた当座はこちらも狐につままれたようにぽかんとするばかり。あとからもただただおかしさが込みあげて、怒る気にならなかったのは、あの方のお人柄でしょうなあ。

もう亡くなられてずいぶんになるが、九郎助稲荷で初午のにぎわいを見ると、今でも懐かしう想いだされます。

怪異投込寺

山田風太郎

山田風太郎（やまだ・ふうたろう）
一九二二年兵庫県生まれ。四九年に『眼中の悪魔』『虚像淫楽』で探偵作家クラブ賞、九七年に菊池寛賞、二〇〇一年に日本ミステリー文学大賞を受賞。著書に『警視庁草紙』『戦中派不戦日記』『人間臨終図巻』、「忍法帖」シリーズなど多数。〇一年逝去。

北国の弥陀《みだ》三尊の立姿

松葉屋《まつばや》の花魁薫《おいらんかおる》は、当代の名士蜀山人《しょくさんじん》が、「全盛の君あればこそこの廓《さと》は花も吉原月も吉原」という頌歌《しょうか》をささげたほどの遊女であった。

その奇行の数々は、『傾城《けいせい》問答』とか、『青楼美人鏡』などにみられるが、そのなかでもっともこの女の面目を発揮しているのは、お忍びで登楼してきた津軽《つがる》侯を振った話であろう。

これらの本には、名は明記してないが、おそらく津軽越中守寧親《えっちゅうのかみやすちか》であろうと思われる。例の相馬大作《そうまだいさく》につけ狙われた殿さまだが、この話は大作が刑死した文政《ぶんせい》五年の翌年のことだから、この殿さまも、復讐鬼といってもよい恐ろしい刺客《しかく》がこの世から消えた安堵《あんど》のあまり、ついうかうかとこのような行状に出たものとみえる。

ところが、これに薫はそっぽをむいた。想像するのに、当時相馬大作は、斬られたとはいえ、いや斬られたからこそ、江戸ッ子にとって血をわかす悲劇の英雄であったから、自然と津軽侯の方は赤ッ面《つら》の敵役《かたきやく》となっていたせいもあろうが、それにしても、わざわざ、薫に賜った黄金《きん》の盃《さかずき》を、その眼前で、庭を掃いていた若い者にやって、平然とふところ手をしていたというのだから、相当な度胸である。

こう言って立ちあがったときの津軽侯の顔いろは蒼白になって、眼もギラギラとぶきみなひかりをはなっていたという。

「余はかえる――」

しかし、これで薫が罪を受けたということもなかったらしい。ずっと以前、尾州侯《びしゅう》と姫路侯《ひめじ》が、やはりこの吉原に傾城買いに通って、押込《おしこみ》隠居になったり国替になったりしたことがあるくらいだから、表沙汰にもできないし、なんにしてもおのれの沽券《こけん》をおとすだけの話にちがいない。

その一方、こういう話もある――。

そのころ、年に数度、フラフラと廓《くるわ》にあらわれる老人があった。釘みたいに腰のおれ曲った、小さな、うす汚い爺《じじ》いだが、それを見た女郎たちはみな顔いろをかえた。

「また、鴉《からす》爺いがきたよ――」

鴉という形容は、その姿にではなく、この老人のうすきみのわるい習性からつけられた。死人が出ると、そのまえから鴉がその空で鳴くというが、この老人にどんな嗅覚《きゅうかく》があるのか、彼が姿をあらわすと、きっと数日中に廓の女の病死者か心中者が出るのである。

彼女たちは彼をおそれ、にくみ、禿《かむろ》のなかには唾《つば》をはきかけたり、草履《ぞうり》をなげつけたりするものもあったが、薫だけは、往来でゆきあえばじぶんの方から寄っていって、やさしい笑顔で話しかけ、見世《みせ》にくれば若い者を通じてそくばくかの金をあたえた。そして、いつもていねいにたのむのだった。

「十郎兵衛《じゆうろうべえ》さん、くれぐれも仏の供養をねがいんすにえ」

この老人は、道哲寺《どうてつじ》の墓番だった。

道哲寺、正確には西方寺《さいほうじ》という。明暦《めいれき》のむかし、道哲という乞食坊主が、日本堤《づつみ》の東詰にささやかな堂宇をいとなんで、囚人、ゆきだおれ、引取人のない遊女などの屍骸《しがい》を葬って、あつく回向《えこう》したのがそのはじめだが、時代とともにだんだんぞんざいになって、いまでは心中者、下級の遊女などの哀れな屍骸が出ると、一朱二朱の安い埋葬料でかつぎこみ、犬猫同様に穴のなかへ投げ込むので、俗に「投込寺」と呼ばれている。その墓穴を掘るのがこの老人の仕事だといえば、世にこれほど陰惨で、恐ろしい職業はなかったろう。

そして、この鴉爺いの十郎兵衛が姿をみせてから数日後、はたして廓に死人が出た。日本橋の町家の息子が、廓通《がよ》いにうつつをぬかして、分散の憂目《うきめ》にあったあげく、西河岸の安女郎と心中したのである。

それから十日ばかりたって、松葉屋の見世先に、ひとりの老婆があらわれた。半分気がちがっていて、泣いたり、わめいたり、しばらくは言葉の意味もわからなかったが、やっとききわけてみると、

である。

「薫とやらいう売女《ばいた》を出しやい。出雲屋《いずもや》を分散させ、息子を殺した薫を出しやい」

と、さけんでいるのだった。老婆は、このあいだ西河岸で心中した若者の母だったの

である。

松葉屋の新造や禿や若い者は、ゲラゲラと笑った。

「出雲屋？　きいたことがねえと思っていたら、はははは、なあんだ。あいつのことか」

「こいつあまったくお門《かど》ちげえだ。婆さん、婆さん、それなら西河岸の方へいってみな」

「おめえさんの息子さんの心中した相手は一ト切百文の安女郎だ。やい、ゆかねえと水をぶッかけるぞ」

しかし、その死んだ男は、この見世や薫とまったく無縁というわけではなかった。最初のうち、彼はたしかに薫の客だったのだ。二度か三度――それだけで、うぶな若者は、色道の深淵につきおとされた。薫の白い繊《ほそ》い手は、出雲屋を一撃二撃でうちくだく魔の斧であった。

さわぎをきいて薫はうなだれた。そして、みなのとめる手をふりきって、悄然《しょうぜん》として見世先へ出ていった。

「おふくろさま、わたしが、あなたのお恨みなさんす薫でおざんすにえ。どうぞ、おこ

ころのすむようになさりんし」

そして彼女は、土間に大輪の牡丹《ぼたん》のようにくずおれて、老母の草履の雨をうけた……。

それからまた、こんな話もある——。

薫が津軽侯を振ってから一ト月ばかりのちのこと、松葉屋の見世先へ、つぎはぎだらけの股引をはき、醬油いろの手拭《てぬぐ》いで頰かぶりをした若い百姓男がやってきて、

「ここのうちに、薫太夫《だゆう》という豪勢に美しい花魁がいなさるときいて、わざわざ見物にきましただ。どうぞちょっくらその女に逢わしてくんろ」

と、たのんだ。

笑いの渦のまいているところへ、ちょうど薫が、禿、新造、三味線もち、夜具もちなどをしたがえて、雪の素足に駒下駄《こまげた》をはき、鳳凰《ほうおう》のように揚屋《あげや》からかえってきて、その男をじっと見ていたが、微笑して、

「わたしが薫でありんす。こちらにお腰をおかけなされて、おやすみなんし」

と言って、手ずからお茶をくんで出した。すると、百姓男は恐悦して、

「とてものことに、酒ひとつ御馳走《ごちそう》になりますべいか」

と言う。薫は禿に言いつけて、酒を出させた。みな、薫がどうしてこんな相手を、こう鄭重《ていちょう》にもてなすのかわからないので、あきれていた。

「おらは、冷《ひや》は一向いけねえでの」

と、百姓男は言って、ふところから長さ六、七寸の割木を二本とり出すと、炉の傍へあがりこんで燗《かん》をした。

彼は茶碗でひとつのみ、薫にさした。薫がこころよく受けて酬《かえ》したのをまた一杯のんで大きな舌鼓《したつづみ》をうち、

「何年となく念をかけた太夫さまを見せていただいたうえに、そのお酌で酒までのませてもらって、おらは、はあ、あしたおッ死《ち》んでも思いのこすことはねえだ」

と、上機嫌でかえっていった。

松葉屋にえもいわれぬ香りが満ちはじめて、そのもとが炉に燻《く》べられたさっきの二本の割薪《わりまき》の紫の煙であることがわかったのは、そのあとであった。それが伽羅《きゃら》の名木であると知れて、人々はあっとどよめいた。

「あれはどなたさまじゃ」

「あの百姓は？」

口々にといかけるのに、薫だけは襟《えり》に白いあごをうめて、ものかなしげに微笑んだまま首をふった。

「知りんせん。きっと、どこか御身分のあるお方が、わたしをからかいに見えたのでおざんしょう」

——これらの奇話は、いうまでもなく、薫という遊女の「意地」と「張り」、そして

人並すぐれたかしこさを物語る逸話として、ほこらしげに紹介されているのである。

意地と張り、抜群の美貌《びぼう》と聡明《そうめい》さ、その四つのものから、この薫という「遊女」は成り立っていた。

人は武士なぜ傾城にいやがられ

それからまた一ト月ばかりたってから、差紙《さしがみ》をうけて仲の町の揚屋にねりこんだ花魁薫の禿や新造は、座敷に端然と坐っている若い武士の顔をみて、眼をまるくしてしまった。

「これは——」

「あの伽羅のお百姓！」

おどろかなかったのは、薫だけであった。あまり平然としているので、謎めいてさえみえる笑顔のまま、裲襠《うちかけ》をひろげて坐るその姿を、武士はまじまじと見ながら、

「おぬし、拙者がこういう身分のものと、あのときから見ぬいておったか？」

「ほ、ほ、なんの知りんすものか。どなたさまでおざんすえ？」

「拙者は、何をかくそう、五千石を頂戴《ちょうだい》する直参《じきさん》。……先日の無礼はゆるしてくれい。じゃが、あれにておぬしという女がようわかったぞ。あれならば、おぬしを身請《みう》けして

わが妻としても恥ずかしゅうない女――」

「よしなんし」

と、薫は笑った。

「うそ」

「なに、うそ？」

「それほどあなたさまがわたしをお見込みなんしたら、なにゆえわたしがまだあなたさまをどこの御家中と知らぬ、それほどおろかな女と思いんす？」

眼は冷たく、美しかった。

「ほ、ほ、ほ、その顔は、いつか津軽の殿さまがおいでなさんしたとき、その御家来衆の末座にみえたお顔」

武士は愕然《がくぜん》とした。口をぽっかりあけたまま、しばらく声も出ない。

薫は、すっと裾《すそ》をひいて立ちあがった。

「廓にきて、おかしなてれんで女郎を化かそうなど、とんだお考えちがいでありんしょう」

「あいや！」

武士の顔いろは、この世の人とも思われなかった。

「お、お待ち下され。こ、このままゆかれては、拙者、腹をきらねば相ならぬ！」

「まあ、大袈裟《おおげさ》な」

「大袈裟ではござらぬ。いかにもわが殿越中守さまの仰せつけ、なんとしてもそなたとちかづきにならねばならぬが、なにせ、一ト月二タ月まえにたのんでおいて、やっと拝顔の栄を得るほどの全盛のそなた、たとえ、ようやく逢えたとしても、並大抵のことではその心をとらえることはかなうまいと推量し、考えあぐねてあのような小細工《こざいく》を弄《ろう》した次第……」

「して、わたしと馴染《なじみ》になって、何をしろと殿さまが言いなさんしたえ?」

　武士はだまりこんだ。

「ほ、ほ、わたしの寝首でもかけと言いなんしたか。それともわたしをつれ出して、高《たか》尾《お》のように鮟鱇《あんこう》斬《ぎ》りにでもしろと言いなんしたかえ?」

「め、滅相もないこと。私は……実は侍ではない。絵師なのじゃ。津軽藩御抱えの絵師なのじゃ」

「絵師?」

　薫はふしんな眼いろになった。

「絵師が、なぜ?」

　しかし、うっかり白状して、相手はいよいよ窮地におちいったようである。みるもむざんな苦悶《くもん》が、そのねじり合わせた両手にあらわれた。

「もし、あの殿さまが、絵師のあなたに何をお言いつけなさんしたえ?」

「薫どの、たのむ、私の素姓はさておき、どうぞ私と馴染になってくれい。こう土下座して願い申す……」

「まあ、こんなおかしな口舌《くぜつ》を、廓はじまって以来きいた花魁はおざんすまい。……ほ、ほ、どうやらめんどうらしい御用の様子、おきのどくでありんすが、薫はゆっくりきいてあげるひまがおざんせぬ。せめてものことに、野分《のわき》、野分」

と、傍の妹女郎を呼んで、

「野分、おまえ、この妙な御使者の御用をきいてあげなんし」

「あっ、待て、薫どの!」

と、絵師は声をしぼったが、薫はふりかえりもせず、しずしずと出て行った。つづいて、ほかの番頭、新造、禿たちもぞろぞろと去る。あとに、絵師と振袖新造の野分だけがのこった。

ながい沈黙がつづいた。野分は、変な客といっしょにとりのこされて困惑したが、見ていると、彼の苦しみがあまりにふかいので、立つはおろか、とみには声もかけかねた。

「もうし」

と、やっと言った。

「殿さまは、どんな御用をお申しつけになりましたえ?」

心のやさしい遊女であった。よりすがって、ひざに手をかけ、

「こととしだいによっては、わたしから花魁におねがいしてあげんすほどに……」

「ははははは」

と、急に絵師は笑い出した。自嘲とも自棄ともきこえるかわいた笑い声であった。

「薫の絵をかくのじゃ」

「薫さまの絵、そんな御用」

「それが、ただの絵ではない。枕絵《まくらえ》じゃ」

野分は、口をポカンとあけた。この若い絵師は、事もあろうに、春画の使者を命じられたのである。

「笑ってくれい、かかる主命で廓にきた私を」

「けれど、あの殿さまが、なぜそのような」

「おそらく殿は、薫どのをしたわれるあまり、左様な絵をお望みあそばしたものではあるまいか。しかし、おこころはしらぬ。先祖代々津軽藩の御抱《おかかえ》絵師として禄《ろく》を食《は》んできた家筋のものとして、わしは主命にしたがうまでだ。……が、それももはやかなわぬことなった。薫どのにははやくも一蹴《いっしゅう》され、こうおまえに白状したうえは、薫どのの枕絵をかくなどとはとうてい望めぬ沙汰」

そして、重い吐息をついた。

「腹切ろう」

野分は笑いかけた。遊女の笑い絵がかけぬとあって、このひとは腹を切るという。なんだかひどく可笑《おか》しい。しかし、それも承知でなお切腹を口にせねばならぬこの若い絵師を眼前にして、笑いはとまり、同情にみちた眼で、じっと相手をながめやった。

しばらくして、野分はひくい声で言った。

「廓では花魁にさしさわりのあるときは、わたしが名代《みようだい》に立ちんすけれど……その絵もわたしが名代では」

「なに？」

と、絵師はまじまじと可憐《かれん》な若い遊女の顔を見かえして、

「それはなるまい。それが出来るなら、私もこれほど苦労はせぬ。殿が御覧あそばしても、たとえ薫どの自身がみても、あきらかに薫どのとわかる絵でなくば……」

「わたしは、花魁から、何もかも手ずから伝授を受けた妹女郎でありんすにえ」

野分はいたずらッ子らしく笑った。

「こんな役はわたしもいやでおざんすけれど、こんなことで腹を切るあなたは、もっときのどくでおざんすから申しんす……」

——それからさらに一ト月ばかりたった或る日、花魁薫は、また津軽越中守の座敷に呼ばれた。

薫は、越中守の左右に居ながれる家来のなかに、その絵師の顔をちらっとみたが、べつになんの表情もなく、つんとして孔雀《くじやく》のように坐った。彼は、蒼い、おびえたような頰《ほお》のいろをしていた。

越中守がしたたしく盃をさすのを、薫はそつなく受けているが、依然としてそのものごしは冷えびえとしている。しかし、越中守は上機嫌であった。いつかの怒りも水にながしてサラリとした顔いろで、時の将軍が吹上《ふきあげ》の御庭に、吉原仲の町の茶屋を模してつくって遊んだ話などをしゃべっている。

「薫よ」

と、やや酒がまわったころ、越中守は呼んだ。

「余はまた、そなたにつかわしたいものがあるが喃《のう》」

うすきみわるい笑顔である。

「そなた、また気にいらんで、庭掃き男などに投げあたえるやもしれぬが、それはそなたの勝手。……これよ」

と、うしろをかえりみた。家来がこたえて、そのまえに薄い大きな桐《きり》の箱を置いた。

急に薫はふりかえった。がばと野分が片腕をついたからである。野分も最初から蒼い顔をしていた。彼女は、越中守が薫の姿をえがいた秘画をなぜ欲しがるかよくわからなかった。少なくとも、善意に解釈していた。しかしいまや越中守が、大名らしくもない陰険な方法で薫を辱《はずか》しめ、しッペ返しをしようとしていることはあきらかだった。その桐の箱のなかには、あの絵師寒河雲泉《さむかわうんせん》のかいた枕絵——少なくとも、越中守は薫と思いこんでいるが、その実、顔だけ薫で、肢体は野分をえがいた恥ずかしい絵が入っているにちがいないのである。

薫は、ふしんな顔で、越中守に美しい眼をもどした。

「薫、あけて見やれ」

越中守があごをしゃくり、薫がその箱をおしいただいて、ふたに手をかけたとき、遠く往来から騒然とした物音がきこえてきた。

黄金《こがね》咲くみちのくの客をふり

「なんじゃ、あのさわぎは？」

と、越中守がふりかえったので、末座に侍《はべ》っていた揚屋の亭主が、あわてて出ていった。しばらくして、いそぎ足でもどってきたが、手で口をおさえている。

「亭主、いかがいたした？」

「恐れながら……お耳をけがすほどのことではございませぬ」

「たわけ、何ごとじゃと申すに」

「はっ、恐れ入ってござります。実は……なんたる愚かなおいぼれか、西河岸の切見世のやぶれ障子からなかをのぞいて、女郎と客のあられもなき醜態を写生いたしおりました絵師があり、見つかって、つかまり、会所へつき出されてゆくさわぎらしゅうござります」

「なに、遊女と客の？」

亭主は、越中守のたくらみを知らないから、恐縮して、平蜘蛛《ひらぐも》みたいにあたまをたたみにこすりつけた。

越中守は苦笑した。

「醜態と申すか。ばかめ、その醜態を商売としておるお前ではないか」

「恐れ入ってござります……」

「よいよい、しかし、老人と申したな。老いてなお春画をえがいて売らねばならぬ、またふびんなものではないか。会所へ参って、大目に見てやれと申すがよい」

越中守、ひどく同情的である。

「はっ、御意の趣き、しかと会所に申しつけまする。しかし、あの老人は、こういうことがいままでに何度もござりまして、しかも善男善女の法悦のかぎりをかいて何がわるい、どうじゃ、この絵をみて合掌礼拝する気にはなれぬかなど大言壮語をつかまつる絵師でござりますれば、かようなこともちとみせしめになるかとも存じまする」

「なんという絵師じゃ、それは？」

「はっ、葛飾北斎《かつしかほくさい》と申し――」

「なにっ、北斎！」

と、越中守はさけんで、眼をきらっとひからせた。

江戸に住んで、この不世出の大画人の名を知らぬものはない。およそこの世の森羅万象《しんらばんしょう》を描きつくして、その徹底したリアリズムで美の真髄《しんずい》に肉薄し、ときにまた百二十畳の紙の上をはしって四斗樽《だる》の墨汁と五俵の藁《わら》たばで大達磨《おおだるま》をえがくかと思えば、米粒に雀三羽をえがいて人々の胆をぬく神技をふるう。そして、絵よりもなお世人を驚倒させるのは、その奔放不羈《ほんぽうふき》な奇行であった。

嘗《かつ》て、将軍家斉《いえなり》が鶴狩のかえり、浅草伝法院《あさくさでんぼういん》に北斎を召して席画を所望したとき、帯のような唐紙《とうし》の上を、足に朱肉を塗った鶏をあるかせて、みごとに紅葉をえがき出したといわれる。そのくせ、家の中には、文字通り鍋一つ、茶碗三つしかないという恐ろしい貧乏ぶり。それだけもって、生涯に九十三回引っ越しをしてまわったという大奇人だから、その真意はしらず、一ト切百文の地獄宿をのぞいて、春画をかくくらいのことはやりかねない。

しかし、津軽侯がただならぬ表情になったのは、単にその名を知っていたからばかりではない。実は先年から、しばしば浅草藪《やぶ》ノ内《うち》明王院の地内にある北斎の陋居《ろうきょ》へ使者をやって、邸へ呼ぼうとしたことがあるのである。ところが、どういうわけか、北斎はへそをまげてしまって、使者の口上にとり合わなかったいきさつがあるのだ。

「北斎じゃと申すか」

と、越中守はもういちどさけんだ。もはや御抱絵師の絵どころではない。

「亭主、北斎を呼べ。はやく、ここへ呼んでくれい」

そして、うろたえて立ちあがった亭主の背を、せきこんだ声が追った。

「そうじゃ。その北斎がえがいた絵とやらも、わすれずに持参いたさせるのじゃぞ」

やがて、この上もなくはなやかな席へ、これはまたこの上もなくむさくるしいひとりの老人が飄然《ひょうぜん》として坐った。

頭ははげて、馬のようにながい顔である。雨にたたかれ、日に照らされ、その顔の色は黒びかりしていたが、奇妙に陽性の精気があふれてみえた。それは白い眉の下から放射される眼光のせいらしい。北斎はこの年六十五歳であった。

「北斎よな、近う寄れ。余は津軽越中じゃ」

と、こちらから声をかけると、

「お初にお目にかかります。わしは葛飾生まれの百姓八右衛門と申すものでございます」

と言って、そっぽをむいてしまった。背なかあたりに何かいるらしく、腕をまわして、ポリポリとかいている。

それから、何をきいても、「ああ」とか、「いや」とかこたえるのみで、迷惑そうな表情が露骨に浮び出している。ただ、あの異様なひかりをはなつ眼が、花魁薫の姿だけに、ときどきじっとそそがれた。

ききしにまさる傍若無人ぶりに、手持無沙汰の津軽侯は、ともかく亭主のもってきた例の押収画《おうしゅうが》を手にとったが、ひと目みて、「ううむ」とうなり声をあげてしまった。絵は数葉ある。もとより色はつけてなく、矢立《やたて》をはしらせたのみの素描《すがき》だが、まことに北斎が礼拝合掌せよと豪語したのもむべなるかな、その男女秘戯の肉塊の描線は、凄まじいまでの力感にあふれていたのである。

「見よ、見よ」

思わずしらず、題材の何かということもわすれて、越中守はうわずった声をもらした。

「みなのもの、まわして見よ、この北斎の絵を——」

そのとき、つつと末座からまろび出したものがある。御抱絵師の寒河雲泉であった。あれよというまに、薫のまえにおかれたままの桐箱のふたをはねあけると、なかの絵をわしづかみにし、ひきちぎり、ズタズタにひき裂いてしまった。

「と、殿……おゆるしを……」

べたと伏せた肩がふるえている。絵師として、このうえの恥辱にはたえられないのであった。

おなじ内容でも、その技倆《ぎりょう》は天地よりもまだかけはなれていた。それはまざまざと越中守もいま見てとったとおりである。

「未熟者め」

と、越中守は苦い顔で吐き出すように叱《しか》りつけたが、破られた絵そのものにはさらに未練はなかったらしく、すぐにつくり笑いの顔を北斎の方へむけた。

「北斎、そなた、余がしばしば呼んでやったのをおぼえておるか」

「左様、どこかのお大名が、高びしゃなお使者をよこされてござりますな。あれは、殿さまでござりましたか」

「高びしゃ？　……ああ、それは使いの者がわるかった。いたらぬ奴であったのじゃ。余の本意ではない。ゆるせ、ゆるせ。……して、どうじゃ、かような場所ではからずもそなたに逢えたのは天の配剤、機嫌をなおして、余に何かかいてみせてくれぬか」

北斎は顔をあげて、いならんだ遊女たちを見まわし、ニヤリとへんな笑いを浮かべた。

「紙」

と、ひとこと言った。

「それ」

狂喜する越中守の声に、亭主や家来がキリキリ舞いをして、北斎のまえに紙をのべた。

北斎は、矢立の筆をとると、一気にびゅうっと墨をはしらせた。穂先がまわる。とまる。かすれて飛ぶ。

「これにて、御免」

ペコリとおじぎをして、スタスタと老人の出ていったあと、一同はのぞきこんで、いっせいにあっとさけんだ。

なんとそれは一つの大男根の絵だったのである。

が、見るがいい。その雄渾豪宕《ゆうこんごうとう》の筆触、それは荘厳な大富獄《ふがく》の図にもおとらぬ力と気品に満ちみなぎっているではないか……。

道哲にきけば極楽西の方

松葉屋の見世先に、ブラリと北斎がやってきた。

「葛飾村の百姓八右衛門じゃ。逢う気があったら逢うてくれと、薫太夫にきいてくれ」

と、無愛想に言う。あれから十日ばかりのちのことである。

薫は声をたてでよろこんで、北斎をじぶんの座敷にとおした。

「これはこれは北斎さま、ようおいでなんした。お酒でものんで、ゆっくりあそんでゆきなんし」

「遊びに来たのではない。用があるのじゃ」

横をむいて、ブスリと言う老人に、薫はくつくつ笑った。

「ほ、ほ、わたしに用とはえ？」

「お前をかいてみたい」

「まあ、わたしを、あの、北斎さまが」

「お前の枕絵をかいてみたいのじゃ」

かがやいていた薫の眼が、ふっとひそめられた。いかに遊女にせよ、これには面くらわないわけにはゆかない。――が、さすがに薫である。すぐにまたにっと片えくぼを彫って、

「枕絵といえば、殿御が要《い》りんしょう。さあ、どこのどなたさまが、わたしと寝て、あなたにかかれて下さんしょうか」

「殿御は、蛸《たこ》じゃ」

「蛸？」

ここにいたって、薫もあっけにとられて、口もきけなくなってしまった。が、老人の黒い頬には妖しい血潮のいろがさし、眼はむしろ森厳のひかりをおびて彼女を見すえていた。

「大きな蛸が、はだかのお前を可愛がっておる図柄じゃ。八本の足でお前の足をひらき、

胴にまきつき、乳房をおさえ、口を吸っておるのじゃよ。どうじゃ？　気にいったろう？」

気にいるどころのさわぎではない。いかにも北斎らしく、奇警倫《きけいりん》を絶する着想だが、

「まあ」

「お前は蛸の化物に魅込《みこ》まれるほど美しいぞ。よろこべ」

薫はじっと北斎を見つめていたが、やがて哀しそうに言った。

「北斎さま、そんな大きな蛸がありんしょうか？」

これには、無愛想な老人も、ニヤリとうす笑いをうかべたようである。

「蛸はわしにまかせろ。お前はわしの眼のまえで、はだかになってみせてくれればよい」

またながいあいだ、薫は、この怪奇な、うす汚い老人を——古今の大画家の姿をながめていた。やがて、その眼の奥から、名状しがたい微笑が、花に透く日のひかりのように洩れてきた。

「ようありんす。薫ははだかになりんしょう。どうぞ、おこころのままにかいておくんなんし」

——たとえ千両の金をつまれても、薫がこんな姿態をみせたことがあろうか。座敷の外に、彼女の最も愛する引込禿《ひっこみかむろ》のさくらを立たせ、薫は縮緬緞子《ちりめんどんす》の豪奢《ごうしゃ》な夜具のうえに、

一糸まとわぬ雪の姿をなよなよと横たえた。

「手を投げろ……くびをうしろにおとせ……片足を蒲団《ふとん》の外にひろげろ……」

北斎のうめくような声につれて、この世のものならぬ白牡丹はゆるやかにひらき、しぼみ、たわわに揺れた。北斎は画帳をとり出して、グイグイと力づよく素描してゆく……。

——と、突然北斎は、小石にあたまをうたれたようにふりむいた。

「誰じゃ」

飛んでいったのは、庭向きの明障子《あかり》の傍である。ガラリと一瞬にあけられて、キョトンと立ちすくんだ不吉な鴉みたいな顔があらわれた。

「な、なんじゃ、お前は」

一喝されて、その男は、くぼんだ眼窩《がんか》のおくから、やにのたまった哀れッぽい眼をあけた。

「へ、へい。……わたしは、西方寺の寺男で——」

「ああ、十郎兵衛爺さん？」

と、こちらで薫がほっとしたようにつぶやいた。

そして、北斎のがみがみと叱りつけている声をしばらくきいていたが、やがて十郎兵衛が犬みたいに追っぱらわれようとしたとき、何を思ったか、急にいたずらッぽい笑顔

になって、

「北斎さま、とてものことに、その爺さまにも、わたしのこの姿をみせてやっておくんなんし」

と、声をかけた。

「この男に?」

「北斎さまよりほかの人間に、わたしのこの姿を見せるのはいやでおざんすけれど、ほ、ほ、それは人間ではありんせん。……生きている遊女のからだを拝んだら、死んだ遊女への仏ごころが、いっそうふかくなるでありんしょう……」

そして、このあらゆる男を獣にかえる魔の白珠にもまがう美女の姿態は、枯木のようなふたりの老人の視線のみるにまかせた……。

もっとも、せっかくの薫の大慈悲心も、投込寺の墓番にとって、どれほどの功徳《くどく》であったか。さっきそっと盗み見していたにはちがいないが、こうまざまざと匂いたつ全裸の美女を見せつけられては、いるにもいたえぬように、しばらく十郎兵衛はモゾモゾとうごいていた。

北斎は、いつしか傍に口をあけたっきりになった寺男の存在を忘れて、芸術の光炎の中に沈みこんでいる様子である。……と、そのとき、廊下を、ド、ドとはしってくる跫《あし》音《おと》がきこえて、禿のさくらと何やら口早に問答している気配がした。

薫は、身をおこした。

「さくら、どうしなしんしたえ?」

「薫さま、たいへん、あの野分さまと津軽の絵師さまがいっしょに毒をのみんして、北斎さまを呼んでいなさんすとか――」

「なんじゃと?」

と、北斎も顔をふりむけた。

「津軽の絵師とはなんじゃ。ま、よい、いまゆくぞ」

あわてて身支度をしながら、薫はふと傍の影をみて、はじめて吐気のようなものを感じた。そこにキョトンとして、あの鴉爺いが立っている。……果然、彼があたりをウロウロしていた意味がわかった。やっぱりこのぶきみな老人は、事前に屍臭《ししゅう》をかぎつけてきたのである。

それに何を問いかけるいとまもなかった。薫は、北斎のあとを追って、心中をはかったという妹女郎の野分の部屋にかけつけた。

が、その部屋に一歩足をいれたとき、薫は息をのんで棒立ちになってしまった。北斎も、両足をふんばって、凝然として見下ろしていた。

ふつうの心中ではなかった。緋牡丹《ひぼたん》のような閨《ねや》の上に、あの寒河雲泉と野分が一体となってからみ合っていたのである。

「先生、北斎先生！」

と、雲泉は声をしぼった。

「か、かいて下さい。私たちのこの姿を！」

「な、なんじゃ、毒をのんだときいたが――」

「毒はのみました。ふたりとも、これから死んでゆくのです。しかし、死ぬまえに、どうぞこの姿をかいて下さいまし。北斎先生にかきのこされたら、私たちは死んでも心のこりはありません……」

そうあえぎながら言ったとき、雲泉の口のはしに血の泡がうかんで、下の野分の頬におちた。

「な、なんだ、お前ら、気でも狂ったのか！」

「死ぬことには、正気のつもりです。おきき下され、私は津軽藩に絵を以て仕えてきた家の子です。それが、その技未熟のゆえをもって、殿の御勘気《ごかんき》をうけ、永のおいとまをたまわりました。しかし、それに不服はないのです。それが当然なのですから……それが当然だとは、十日まえ、先生のあの絵を拝見したとき、心魂に徹して思い知らされたのです。御扶持《ごふち》などが何でありましょう。これでも、一心不乱に画業にはげみ、生涯その道にささげようと志していた人間でした。しかし、その望みはみじんにうちくだかれました！」

「薫さま、かんにんしておくんなんし。名代のつもりが、へんなめぐりあわせになりんした……」

と、野分は息もたえだえに言った。その唇からも、血の糸がひいた。

「わたしは、このおひとがいとしゅうなりんした。いいえ、惚《ほ》れんした！」

「ただいまこちらに参って、北斎先生がおいでだと承り、急にかくごをきめたのでございます。どうぞ、先生！　おろかな私たちの死にざまを——いいや最後のいのちの燃えようを、先生のお筆でしかとかいて下さいまし。それならば、たとえふたりの骸《むくろ》は畜生《ちくしょう》同然にあの西方寺へ投げ込まれようと、魂はまことの西方浄土へとんでゆくでありましょう……」

「よし、きいた！」

と、北斎はさけんだ。

「北斎、たしかにお前らのまぐわいの図をかいてやるぞ。成仏《じょうぶつ》しろやい」

そして、ふところから、さっきの画帳をとり出した。

雲泉は、ひたと死力をしぼって野分を抱いた。野分はおののく腕を雲泉のくびにまき、両の足を雲泉の背にくみ合わせた。生きながら菩薩《ぼさつ》の姿だ。吸いあった唇のあいだから、歓喜のうめきにつれて、血の泡がふいた。

死にゆくものだけがうごき、詩《うた》をうたう。北斎の眼はかがやき、耳は狼みたいに立って、それを見、それを聞いた。薫は凝ったように立ちつくしている。

やがて静寂がおちたとき、同時に北斎の筆もとまった。

「野分、野分」

薫はかけよった。野分と雲泉は、微笑を彫刻したまま、息絶えていた。

蒼白になって、ふりかえると、北斎も銅像のようにうごかない。ふたりの屍骸を見下ろしているのかと思うと、そうでもないらしく、眼を半眼にして、じっと何やら考えこんでいる。

「……どうも気にかかる」

と、つぶやいた。

「北斎さま、なにが？」

「さっきの爺いがよ」

と、意外な返事であった。

「あの投込寺の鴉爺さま？　あれがどうしんしたえ？」

「ふっと、どこかで見たおぼえがあるのだ。以前に……といっても、きのうおとといのことではない。十年、二十年……いいや、もっとむかし、わしの若いころ……ううむ、投込寺といったな」

北斎は画帳の一枚をピリピリと裂いた。

「薫、この絵を、この男の殿さまがまたあそびに来たら、やってくれ」

そう言うと、老人はくびをひねりながら、風のように出ていった。

腥《なまぐさ》い風の吹きくる道哲寺

吉原で心中した男女は、まっぱだかにされて、その屍骸に荒菰《あらごも》をかけられたまま、三日間、地上にさらされる。それから、早桶《はやおけ》を荒縄でくくられて、道哲寺に投げこまれる。

この犬猫同様の埋葬は、この奇怪な世界の一種の迷信からきていた。それは、心中するほどの男女なら、それまでによほど辛い恨めしい原因があったであろうから、もし人間なみに葬ると、あとでたたられるかもしれない。いっそ犬猫を葬るようにして畜生道《ちくしょうどう》に堕《おと》してしまえば、もう人間にたたることはあるまいと考えられたからである。

野分と雲泉の屍骸も、松葉屋の裏庭に放置された。けれど、その菰をかけたあたまの傍には、さすがにほそい線香のけむりがたちのぼっていた。

花魁薫と禿さくらのしてやったことである。三日めの夕ぐれ、ふたりはそこにじっとうずくまって、手を合わせていた。

すっと、そこに人の影がさした。顔をあげて、さくらはさけんだ。

「北斎さま」

「十郎兵衛はきておらぬか」

と、北斎はしゃがれた声できいた。

薫は、北斎が、あの鴉爺いにおぼえがあると言ってとび出していったことを思い出して、いぶかしげにくびをかたむけた。

「さあ、あの爺さまなら、もうこのふたりをひきとりに見えんしょうが……あの爺さまがどうかしんしたかえ？」

「いま道哲に寄ったら、こっちに出かけたと言いおったが、逢いたいのじゃ」

北斎の眼は、異様なかがやきをおびていた。

「なに御用？」

「用か――」

と言って、北斎はだまりこんだ。やがて、くびをふって、

「いやいや、逢わぬ方がよいかもしれぬて……」

と、つぶやいた。なぜか、ひどく疲れている様子である。

薫はしばらくその姿をふしぎそうに見ていたが、微笑して、

「北斎さま。蛸の絵はおかきなさんしたか？」

ときいた。北斎は気弱な表情でくびをふった。

「かけぬ。かけぬ。……わしは当分絵はかけぬ……」

「なぜ？　北斎さま、いったい、どうおしなんしたえ？」

「薫、お前はあの投込寺の爺さまの名を知っておるか？」

と、北斎は顔をあげて、またきいた。よほどあの老人に思考をうばわれているようである。

「あれは、十郎兵衛」

「左様、姓は？」

「姓まであってかえ？」

「むかしはあった。斎藤十郎兵衛」

「斎藤十郎兵衛。そうきいても、とんとあの爺さまらしゅうありんせんが。……もし、あの爺さまは、お侍だったのでおざんすか？」

「いや、たしか阿波《あわ》の殿さま御抱えの能役者《のうやくしゃ》だときいた。……三十年もまえのことじゃ」

北斎は物思いにふけりつつ、ひとりごとのようにしゃべった。

「或る日、わしのところに役者の梅幸《ばいこう》が来おった。無礼な奴が、いちど家に入って、なに思ったか、外の駕籠《かご》から毛氈《もうせん》をとってきて、ひきかえしおった……」

薫は微笑した。この先生の汚いのはそのころからのことかと可笑しかったのである。

しかし、北斎はいったい何をしゃべろうとしているのであろうか。

「わしは腹をたてて、梅幸めが何をぬかそうと知らぬ顔をしておった。あいつもふくれあがってかえっていったがの。しばらくして、あやまってきて、幽霊の絵をかいてくれという。あれの幽霊の役はおやじの松助以上じゃが、おそらくその工夫にわしの智慧をかりたかったのじゃろう。あたまをさげてたのんでくれば、わしもきいてやらぬでもない。で、幽霊の絵をかいてやったわ。それからあいつは、芝居のたびにわしを呼んでくれたのじゃ。役者によばれるうえは、纏頭《はな》のひとつもやらねば具合がわるかろう。そこで、いつのことであったか、わしは一張羅《いっちょうら》の蚊帳《かや》を二朱でたたき売って、あいつを桐座《きりざ》にたずねていった。……あの能役者とは、そこの楽屋で逢ったのじゃ」

北斎はこぶしをかたくにぎりしめていた。

「能役者——というと、あの十郎兵衛爺さまのこと？」

「そのころは、爺さまではなかった。わしより四つ五つ上か。——能役者でありながら、狂言役者の絵をかいた。わしは文晁《ぶんちょう》にも歌麿《うたまろ》にも抱一《ほういつ》にも竹田《ちくでん》にも、あたまをさげぬ。じゃが、あいつの役者絵だけには、たたきのめされたわ。あいつの絵のなかの人間は、くやしいが、わしのかく人間よりも生きておった！」

老人は、ふかい溜息をついた。

「ふしぎな男じゃ。あれが絵をかいたは、たった一年足らずであったろうか。それから、あの男は消えた。そのわけは知らぬ。死んだという噂もきかなんだが、あとになって、死んだかと思うておった。とにかく、あの男は、暗い海の流れ星のようにひかって、それっきり、この世から消えてしまったのじゃ……」

「北斎さま」

「薫、お前、投込寺の墓守の番小屋をみたことがあるか?」

「そんなこと、ありんせん……」

「いってみろ、小屋の壁じゅう、絵だらけじゃ。わしはこのあいだあの爺さまを追っていって、中をのぞいたのじゃ。爺さまはいなかったが、わしはその壁をグルリと見まわして、あっと息の根がとまった。忘れるものか、忘れてなろうか、暗い銀色の雲母摺《きららずり》に浮きあがった濃墨の線、まさしく三十年前の役者絵が生き生きと――」

と、言いかけて、恐怖にみちた顔をふり、

「いいや、役者絵ではなかった。おなじ筆法だが、幾十枚ともしれず、それは、みんな死んだ遊女の絵であった!」

なんともいえない鬼気におそわれて、薫とさくらはおびえたように立ちあがった。

北斎は魂の底からこみあげてくるようにうめいた。

「あいつは、わしより生きた人間をかいた。そしていま、わしなどのはるかにおよばぬ筆で死びとをかいておる!」

「北斎さま……」

「だれもしらぬ。わしだけが知っておる。いや、後の世がかならず評判するじゃろう、いまの世に、この北斎以上のえらい絵かきがおったとな……」

「北斎さま、あの爺さまは、ほんになんとおっしゃるお方でありんすえ?」

北斎はふかく息を吸いこんで、刻むように言った。

「東洲斎写楽《とうしゅうさいしやらく》——」

早桶や禿一人が見送りて

やがて来るものの影をおそれるように北斎が去ってから、ながいあいだ薫は襟に手をさしいれて、たたずんでいた。

やがて、さくらにうながされて見世に入ってから、彼女は亭主の半左衛門《はんざえもん》に、妙なことをたのみこんだ。まもなく西方寺から屍骸をひきとりにくるのだが、その死人、寒河雲泉が死に際して、主人津軽越中守さまへさしあげてくれと自分に託したものがある。これを今夜のうちに、津軽邸に自分からとどけにゆきたいというのである。

「こんな夜に」

と、亭主が眼をむくと、

「今夜でなくば、仏が浮かばれぬような気がいたしんす」

と、物思わしげに言った。

遊女が大名の屋敷に推参するなどきいたこともないが、しかしただの大名ではない。いくどかこの廓に通って、薫にぞッこん惚れている津軽侯である。それに、用も用だし、亭主はうなずいた。

その夜、松葉屋から、野分と絵師の屍骸を入れた二つの早桶がそっと出た。そして大門のところで、さきにいって待っていた薫が駕籠にのり、さくらがこれにしたがった。一方は西方寺へ、一方は本所《ほんじょ》三つ目の津軽屋敷へゆくのだが、偶然途中がおなじになったのである。

雨気をふくんだ星のない夜のことで、人通りの絶えた日本堤のまんなかで、突然、駕籠のなかですすり泣きがおこった。

「花魁、どうおしんしたえ」

と、さくらがきくと、

「ここまで同行したのも、よほど前世から縁のふかいひとにちがいんせん。もういちどつくづくと野分の顔を見とうありんすにえ」

と、薫は泣きながら言った。

そして、やおら駕籠から出ると、二人の駕籠かき、四人の早桶かつぎ、それに西方寺から迎えにきた鴉爺いの十郎兵衛に、ちょっとそこの茶店で酒でものんでいておくれと言って、酒代をくれた。

そうときいて、鼻のあたまに皺《しわ》をよせてうれしがる鴉爺いを、薫はじっとながめていた。

駕籠と二つの早桶を、手ぢかの無人の茶店のよしずのかげに置くと、彼らは嬉々《きき》としてとなりの店に入っていった。

飲むことなら、仕事の前後をとわない手合だが、それでもやはり早桶が気にかかるとみえて、案外はやく彼らは赤い顔でもどってきて、礼を言った。

「たっぷり、新造と別れを惜しみなさいやしたかえ?」

と、ひとりが歯をむき出して笑うと、さくらは涙顔でコックリうなずいた。薫ももはや心みちたか、すでに駕籠のなかにかくれて、ひっそりとしていた。

本所にゆく駕籠とさくらをさきに送って、二つの早桶はすぐに日本堤東はずれの西方寺に入った。

読経《どきょう》も回向もない。早桶はすぐ墓地にかつぎこまれる。穴はすでに十郎兵衛の手で掘られていて、屍骸をなげ入れて埋めるのも彼の役である。というより、なぜかこの老人は、むかしからその仕事をひとりでやりたがった。

「爺さん、いいかえ?」

「うむ」

「じゃあ、たのんだぜ」

と、四人の早桶かつぎは、桶を穴のそばにおいたまま、足早に立ち去った。さっき花魁からもらった酒代がまだたんまりのこっていたからである。

その夜ふけ、日本堤をかえってきた駕籠が途中でおろされた。その傍に薫とさくら、そして二人の駕籠かきが立って、おびえたような眼で、うしろの空をふりかえった。

その門前をいま通りすぎてきた西方寺の甍《いらか》に垂れさがった雨雲が、ドンヨリといもりの腹みたいに赤い。

その方で、遠くわああというさけび声がきこえたかと思うと、木の葉みたいにとんできた一つの影が、

「火事だ」

「どうした？」

と、こちらから声をかけると、

「なに、大したことはねえ、投込寺の墓番の小屋がやけてるんだ」

とさけんで、さきに廓の方へかけぬけていった。会所に知らせにいったらしい。

陰気な雨がふり出して駕籠はいそいでかつぎあげられ、そのあとを追った。

西方寺の墓番の小屋は全焼した。なぜ燃えたのかわからなかったが、それは誰かもいったように、たしかに大したことではなかった。

しかし、同時に、墓地であの鴉爺いが死んでいることが発見されたのである。これもなぜ死んだのかわからない。老人は、埋めたばかりの土の上に、蜘蛛《くも》みたいに小さくまるくなって、うごかなくなっていた。顔をあげさせると、きんちゃくのような口のはしから、血がたれていた。しかし、それも結局大したことではなかった。鴉が一羽、地におちたようなものだと人々は考えたのである。

「てめえの死ぬ匂いはわからなかったのかな」

と、誰かが言って、みな笑った。

おもしろや花間笑語の仲の町

半年ばかりたって、春風に浮かれたように葛飾北斎は飄然《ひょうぜん》として津軽屋敷にあらわれて、たのまれもしないのに、上機嫌で『群馬野遊之図』を描いた。――その屏風《びょうぶ》一双は、いまも津軽元伯爵家につたわっているという。

しかし、そのとき北斎は、ふと妙な話を耳にしたのである。

笑い絵を口にくわえた屍骸。

津軽家では噂のひろがるのをおそれて秘密にしているらしかったが、半年ほどまえの或る雨の夜、鉄金具もいかめしいその表門に、ひとつの屍骸がよりかかって坐っていたというのだ。しかもその屍骸は、一枚のみごとな枕絵を歯にくわえていたというのだ。

――それがどうやら、そのまえに扶持《ふち》をとりあげられた御抱絵師だったらしいときいて、北斎の顔いろがしだいに変った。

その宵、北斎は吉原へ出かけて、おりよく仲の町で、高い駒下駄をはいた揚屋がえりの花魁薫をつかまえた。

ちょうど夜桜の季節である。仲の町の中央は、青竹の垣でかこって山吹をうえ、そのなかに植えこまれた数十本の桜と、それに数倍する雪洞《ぼんぼり》が相映じて、この世のものならぬ花の雲、灯の波にゆれていた。

その花と灯のかげで、北斎は薫に息ざし迫ってささやいた。

「薫」

「まあ、北斎さま。おひさしゅうありんすねえ」

「ききたいことがある。あの晩、投込寺へいった二つの早桶には、何が入っていたのじゃ？」

「あの晩……？」

薫は大きな瞳をいっぱいに見ひらいて、北斎を見かえして、それからひくく平然とこたえた。

「あの晩でおざんすか。――一つは野分、一つは……わたし」

「では、津軽家へいったのは？」

「さくらと、あの絵師さまのむくろ。……駕籠から出てきたのが屍骸と知って、ほ、ほ、かついでいった駕籠かきはひっくりかえったそうでおざんすが、さくらが、ここまでくれば罪はおなじと言いふくめ、お仕置よりこの方がよいでありんしょうと小判をやって口を縫いんした。……そのかえりに、西方寺から出てきたわたしをのせてかえったのでありんす。……北斎さま、どうしてそれがわかりなさんしたえ？」

「わからぬわい、薫、お前、投込寺で、な、何をしたのじゃ？」

「鴉爺いさまをあやめ、絵を焼きんした……」

まわりは、どよめく人の波、渦、流れであった。そのなかに、ささやくような問答をつづけていた北斎の声は、このとき、思わずひッ裂くばかりに大きくなった。

「な、なぜだ？　薫、あれは――あれは天下に絶する大絵師であったのだぞ！」

「わたしは、鴉爺いと思っておりんした……」

薫の声は、依然としてもの憂げにつぶやくようだった。

そして、それっきり、彼女は唇をやわらかくとじて、ウットリと万朶《ばんだ》の花を見あげていた。

理由はそれだけなのか。実に、そうなのだ。彼女があの大天才を闇から闇へ、永遠に消し去ったのは、ただそれだけの動機なのであった。

しかし、茫然《ぼうぜん》と口をあけたままの北斎を駒下駄のうえから見下ろすと、やがてこの恐るべき誇りにみちた遊女は、あわれむように笑いながら言うのだった。

「わたしはひとにだまされるのは好きいせん。ひとさまのてれんてくだはいやでありんす……」

「ば、ばかめ？　だれがお前をだました？　だれがお前をてれんてくだにかけた？」

「あの爺さまは、わたしの意地と張りに恥をかかせんした……」

薫の双眸《そうぼう》にかがやく灯の光芒《こうぼう》に吸いこまれて、この刹那《せつな》北斎は、ふとまた魔のような芸術的意欲にとらえられていた。

夜桜の下で、青い竹垣にもたれかかった禿のさくらは、このあいだちらッちらッとこちらに可憐なながし目をくれながら、うたうように、長く尾をひいてつぶやきつづけていた。

「おいらんがいっちよく咲く桜かな。……おいらんがいっちよく咲く桜かな。……おいらんがいっちよく……」

解説

菊池　仁

〈廻れば大門の見返り柳いと長けれど、お歯ぐろ溝に燈火《ともしび》うつる三階の騒ぎも手に取る如く、明けくれなしの車の行来《ゆきき》にはかり知られぬ全盛をうらなひて、大音寺前《だいおんじまえ》と名は仏くさけれど、さりとは陽気の町と住みたる人の申き〉

樋口一葉の代表作『たけくらべ』の冒頭の一節である。吉原を題材としたアンソロジー企画を思いついた時、真っ先に思い浮かべたのが『たけくらべ』であった。明治二八年に書き起こされたもので、吉原の裏路地の下谷《したや》竜泉寺町に住んだ一葉が、そこで見聞きした経験をもとに、千束神社の宵宮の前日から、三の酉が過ぎた初冬の季節の移り変わりを背景に、少年少女達の恋のめざめを描いた名作である。

何故『たけくらべ』かというと、一葉は、遊郭・吉原という特殊な舞台装置を巧みに使いこなすことで、少年少女がやがて向き合うことになる現実を描いているからである。例えば、〈廻れば大門〉という書き出しは象徴性に富んだものとなっている。つまり、大門は吉原を世間から隔絶するためのものであり、少年少女はその大門が、身分や地位、貧富の格差によって、人々を分け隔てる大人の社会の残酷な現実を知らせていることを知ることになる。

　要するに、『たけくらべ』が活写したように吉原は、華やかさと闇が背中合わせになっている舞台である。以降、多くの作家が吉原を題材とした作品を手掛けてきたのは、華やかさと闇の狭間で起こる人間ドラマに魅せられたからに他ならない。特に時代小説の市井人情ものの舞台としては格好の題材であった。

　本書ではそんな吉原の多面性にスポットを当ててみた。収録作品の紹介に入ろう。

「あぶなげな卵」有馬美季子

『吉原花魁事件帖』の中の一編である。吉原遊郭は江戸唯一の公設の遊里であった。庄司甚右衛門《しょうじじんえもん》が散在していた私娼を一括して公設の遊里を開設する請願をし、一六一七（元和三）年に許可され、翌一八年に開業、これが元吉原である。その後、明暦の大火の吉原焼失を契機に一六五七（明暦三）年移設され、新吉原が誕生した。

　吉原の華やかさの象徴は花魁である。本書は、その吉原随一の花魁となったヒロイン・華舞が、欲望と嫉妬が渦巻く世界で、自らに降りかかってきた不可解な謎を、探偵役となって艶《あで》やかに解き明かすという独特な設定が施されている。文庫書下ろしで重要な要素となるのは、設定の巧さと趣向をこらすことでいかに読ませるかにかかってくる。

作者は吉原の独特な風物詩や、煌《きら》びやかな衣装描写、花魁が身につけている古典にも通じた文化的素養をエピソードに巧みに織り交ぜることで果たしている。中でも注目したいのは、謎解きという本格的な推理小説の面白さと、「縄のれん福寿」「はないちもんめ」シリーズ、『旅立ちの虹　はたご雪月花』などの料理小説の持つ魅力をいかんなく発揮している点である。

第一話「遊びをせんとや」では吉原最高の風物詩である花魁道中で、事件が起こる。道中の最中に矢で狙われたのである。狙われたのは自分か加納屋泰蔵か。謎を残したまま第二話「あぶなげな卵」へと物語は入っていく。

冒頭から華舞の周辺で、加賀友禅の着物がずたずたに切り裂かれたり、香炉が紛失したりと不気味な事件が連続して起こる。さらに、得手の三味線を芸者の貞奴が途中で弾けなくなってしまうという出来事が起こる。華舞がこの謎と向き合うのが読みどころとなっている。

極め付けは傷心の貞奴を元気づけるため、『源氏物語』を用いた組香《くみこう》に興じる場面である。繊細な華舞の心遣いと組香がマッチして絶妙な効果を演出している。吉原の華やかさを味わってもらえる一編。

「しづめる花」志川節子

注目の新人として期待されていた志川節子が、二〇〇九年に発表した初の単行本『手のひら、ひらひら　江戸吉原七色彩《なないろもよう》』の冒頭を飾った作品。この後、『春はそこまで　風待ち小路の人々』『結び屋おえん　糸を手繰れば』『煌』『花鳥茶屋せせらぎ』などの読み応えのある市井人情ものを立て続けに発表してきた。最も生き残り競争の激しいジャンルの中にあっても、端正で凜とした作風で進境著しいものを見せてきた。

それもそのはずである。デビュー作にも拘《かかわ》らず『手のひら、ひらひら』は、吉原が夢のように美しく存在し続けることが約束事となっていることを逆手にとって、それを支えている裏方の人々に焦点を絞り、陰翳豊かな文体で描き分ける手法は、大成を予感させるものであった。

それを最もストレートに体現しているのが「しづめる花」である。第一の理由は、短編の巧者に引けを取らない起承転結のしっかりとした構成力である。書き出しで主人公・紀六の家庭事情が明かされる。紀六の満たされない内面が映し出される。これが〈起〉で場面が変わると、紀六のもう一つの貌《かお》である「上ゲ屋」が紹介される。吉原に売られてきた娘に男を教え、ひとかたの遊女に仕立てあげるという裏の稼業である。「上ゲ屋」のテクニックの詳細が綴られている場面は迫真性に満ちている。勿論、作者の創作である。この独自性に富んだ着想と、説得力に長けた冷徹な筆運びが〈承〉のハイライトといえる。

〈転〉に入ると物語は急展開する。仕込みを依頼された染里が、同じ長屋に住んでいたお紺とわかるあたりから二人の関係が変化していくからだ。〈結〉で意表を衝いたどんでん返しが用意されている。実にうまい筋運びである。短編の面白さを満喫できる一編。

「色男」中島 要

中島要は、二〇〇八年に「素見《ひやかし》」で第二回小説宝石新人賞を受賞。一〇年に若き町医者を描いた意欲作『刀圭』で単行本デビューを果たす。一一年、受賞作を含む『ひやかし』を刊行し好評を博す。本書には、「素見」「色男」「泣声」「真贋」「夜明」のいずれも吉原を舞台とした五本の短編が収録されている。躊躇なく「色男」を選んだ。

理由は花魁・朝霧の人物造形が秀抜だからである。文中に朝霧が啖呵《たんか》を切る場面がある。そのセリフが造形の決め手となっているので引用しておく。呼ばれた客の甥御が金の無心にやってきた。貸す貸さないの問答が続くなか、朝霧が凛とした低めの声で割って入った。

「女の身で男の話に口を出すなど野暮と承知しておりんすが、吉原で使う金を捨て金と言われちゃあ、とても黙っておれんせん」

「なんだとっ。女郎風情の出る幕ではないわ」

次のようなセリフで返す。

「女郎ごときに説教される筋合いでないとおっせぇすなら、こねぇなところで金の無心をいたしんすな。ここの女は我が身を売って、家のため男のために金を作った者ばかり。無力な女すらそうして金を作るというに、大の男が身内に強請《ねだ》るばかりとは。ぬしはそれでも侍ざんすか」

ぎりぎりのところで踏みとどまって生きている女郎の意地と矜持を貫こうとしている朝霧の、芯のある生き様が伝わってくる。この朝霧に入れあげた挙句、家を勘当され幇間となって吉原に戻ってきた若旦那との交情の顚末が、物語の興趣を盛り上げている。達者な作家の登場である。

「吉原水鏡」南原幹雄

作者は、一九七三年「女絵地獄」で小説現代新人賞を受賞し作家デビュー。それ以降『暗殺者の神話』『闇と影の百年戦争』『御三家の犬たち』『謀将真田昌幸』などの伝奇色濃いスカッとした時代活劇で、多くのファンを魅了してきた。なかでも山本陽子主演で芝居、テレビドラマ化され大人気となったのが、「付き馬屋おえん」シリーズである。人気の秘密は作者の工夫にある。

第一が、『吉原乱れ舞』『吉原おんな繁昌記』『無法おんな市場』など吉原を題材とした作品を書いているので着眼点を変える必要があった。それが付き馬屋である。付き馬に屋を付けて、借金取り立て専門業としたところがミソである。サラ金の取り立て同様腕を振るったはずだが、公儀に訴えられたことはないというのは、付き馬の主人のほとんどが岡っ引を兼業としていたためである。

第二は、この付き馬をヒロインの職業とした点にある。捕物帳にヒロインは不向きなのだが、作者はそれを逆手に取った。つまり、付き馬というハードな職業をこなすヒロインの造形を狙ったのである。捕物帳が市井人情ものへの傾斜を強めていた時期だけに、造形のコアにアンチテーゼとしてのハードを刻み込んだものと思われる。

第三は、おえんが使用する鉤縄である。鉤縄は本来岡っ引が使うが、おえんは縄の代わりに絹糸を何本もより合わせた紐で抵抗を封じる。軽いので携帯にも便利である。鉤縄が大詰めに必ず登場する。投げるおえんは決まって、夜目に鮮やかな縦縞の着物、色ちがいの呉絽《ごろ》服連帯《ふくれんおび》をやや胸高にしめている。カッコイイことこの上もない。

本編でもこの三つの工夫が巧みに使われているのは言うまでもないが、さらに興味をそそるのは、水鏡という罰がどんなものかと言う事である。読んでのお楽しみである。

「如月は初午の化かし合い」　松井今朝子

吉原の華やかさと闇を流暢な語り口に包み込んだ傑作と折り紙が付いた、松井今朝子『吉原十二月』の登場である。作者は、一九九七年に『仲蔵狂乱』で時代小説大賞を受賞。二〇〇七年には『吉原手引草』で第一三七回直木賞を受賞し、一流作家の仲間入りを果たした。

言わば『吉原手引草』は、レベルの高い吉原のガイドブック編といった趣の作風となっている。作者が凄腕を発揮したのは、その作風に花魁失踪事件の謎を追うミステリー仕立てという網を打つことである。その仕掛けが効を奏し、吉原という特殊な世界の全体像を絡め捕ることに成功した作品であった。

四年後に上梓されたのが『吉原十二月』である。四年間の題材に対する思いと思索の跡を窺わせる、成熟度に磨きがかかった作品に仕上がっている。まず、造りが凝っている。

第一は、吉原を知り尽くした舞鶴屋の楼主・庄右衛門を語り手として、物語全体を包み込む手法を採ったこと。第二は、題名が示す通り、十二月に細分して物語を組み立てたことである。と言っても一年というわけではない。吉原独特の風物詩と文化を背景に置きながら、主人公二人が、禿から花魁になるまでの成長プロセスを、月の移り変わりを節目として際立たせて描いたこと。第三は、その成長プロセスを容貌も気性も全く異なる二人が、禿時代からお互いを意識し、妓楼を二分するほどの熾烈《しれつ》な争いを繰り広げる様に視点を置いたこと。

本書では、二月にあたる「如月は初午の化かし合い」を収録した。前章では、小夜衣《さよぎぬ》（あかね、初桜《はつはな》）と胡蝶《こちょう》（みどり、初菊《はつぎく》）の容貌や性格の違いが語られている。その違いを明確に表現する持ち重りする羽子板が小道具として使われる。

本編を選んだ理由は、新造《しんぞ》になった二人が、丹喜様という馴染客を巡って、熾烈な争奪戦を繰り広げる。初午はお稲荷様の縁日である。お稲荷様も魂消《たまげ》るような化かし合いが演じられる。と言っても吉原ならではの化かし合いなので読んで楽しい。

「怪異投込寺」山田風太郎

「怪異投込寺」の初出は、「宝石」一九五八年一月号であった。作者の初期の作品だが、特質が遺憾なく発揮された好短編となっている。冒頭を読んだだけでも博覧強記ぶりに驚かされる。引取人のない遊女の葬り先は、南千住の浄閑寺か浅草の土手の道哲、正確には西方寺である。通称投込寺でその墓穴を掘っているのが十郎兵衛で、鴉爺いと呼ばれている。老人にはどんな嗅覚があるのか、彼が姿を現すと数日中に死人が出るという。そんな不気味な老人に対しても、美貌と聡明さで男を魅惑する花魁・薫は親切であった。薫は葛飾北斎の有名な蛸と絡んだ枕絵のモデルでもあった。

ミステリー仕立てとなっているため、これ以上の説明は種明かしとなってしまうので止めておく。山田風太郎節を味わって欲しい極上の短編である。

以上のように、吉原は多面的かつ多様性に満ちた魅力的な世界と思われていた。なぜなら江戸時代の人々にとって、吉原や花魁は特別な存在であったからだ。

華やかな恋愛文化の場であるが、その裏には貧しい家の娘が女衒《ぜげん》によって泣く泣く連れてこられ、性の搾取が公然と行われていた。そこに悪所の持つ妖しい魅力が存在したし、その一方で、鳥居清長、喜多川歌麿といった傑出した浮世絵師に格別な画題を提供し、浮世絵隆盛の原動力となった。加えて、江戸邦楽を育てた場所でもあり、花魁はアイドル的存在で、ファッションリーダーでもあった。つまり、時代の空気を伝える情報発信基地としても機能していたのである。

（きくち　めぐみ／文芸評論家）

「底本」

有馬美季子「あぶなげな卵」（『吉原花魁事件帖　青楼の華』ＰＨＰ文芸文庫）

志川節子「しづめる花」（『手のひら、ひらひら　江戸吉原七色彩』文春文庫）

中島　要「色男」（『ひやかし』光文社文庫）

南原幹雄「吉原水鏡」（『付き馬屋おえん　吉原水鏡』角川文庫）

松井今朝子「如月は初午の化かし合い」（『吉原十二月』幻冬舎時代小説文庫）

山田風太郎「怪異投込寺」（『怪異投込寺』集英社文庫）

本書中には、今日では差別的表現とみなすべき用語がありますが、作品の時代背景、文学性、また著者（故人）に差別を助長する意図がないことなどを考慮し、用語の改変はせずに原文通りとしました。

朝日《あさひ》文庫《ぶんこ》時代《じだい》小説《しょうせつ》アンソロジー
吉原饗宴《よしわらきょうえん》

朝日文庫

2021年9月30日　第1刷発行

編　著　菊池《きくち》仁《めぐみ》
著　者　有馬美季子《ありまみきこ》　志川節子《しがわせつこ》
中島《なかじま》要《かなめ》　南原幹雄《なんばらみきお》
松井今朝子《まついけさこ》　山田風太郎《やまだふうたろう》

発行者　三宮博信
発行所　朝日新聞出版
〒104-8011　東京都中央区築地5-3-2
電話　03-5541-8832（編集）
03-5540-7793（販売）

印刷製本　大日本印刷株式会社

ISBN978-4-02-265007-8

朝日文庫

細谷正充・編／宇江佐真理／北原亞以子／杉本苑子／半村良／平岩弓枝／山本一力／山本周五郎・著

情に泣く

朝日文庫時代小説アンソロジー　人情・市井編

失踪した若君を探すため物乞いに堕ちた老藩士、家族に虐げられ娼家で金を毟られる旗本の四男坊など、名手による珠玉の物語。《解説・細谷正充》

細谷正充・編／安西篤子／池波正太郎／北重人／澤田ふじ子／南條範夫／諸田玲子／山本周五郎・著

悲恋

朝日文庫時代小説アンソロジー　思慕・恋情編

夫亡き後、舅と人目を忍ぶ生活を送る未亡人。父を斬首され、川に身投げした娘と牢屋奉行跡取りの運命の再会。名手による男女の業と悲劇を描く。

細谷正充・編／池波正太郎／梶よう子／杉本苑子／竹田真砂子／畠中　恵／山本一力／山本周五郎・著

おやこ

朝日文庫時代小説アンソロジー

養生所に入った浪人と息子の嘘「二輪草」、歌舞伎の名優を育てた養母の葛藤「仲蔵とその母」など、時代小説の名手が描く感涙の傑作短編集。

細谷正充・編／青山文平／宇江佐真理／西條奈加／澤田瞳子／中島　要／野口　卓／山本一力・著

なみだ

朝日文庫時代小説アンソロジー

貧しい娘たちの幸せを願うご隠居「松葉緑」、親子三代で営む大繁盛の菓子屋「カスドース」など、ほろりと泣けて心が温まる傑作七編。

朝井まかて／安住洋子／川田弥一郎／澤田瞳子／山本一力／山本周五郎／和田はつ子・著／末國善己・編

いのち

朝日文庫時代小説アンソロジー

江戸期の町医者たちと市井の人々を描く医療時代小説アンソロジー。医術とは何か。魂の癒やしとは？　時を超えて問いかける珠玉の七編。

今井絵美子／宇江佐真理／梶よう子／北原亞以子／坂井希久子／平岩弓枝／村上元三／菊池仁編

江戸旨いもの尽くし

朝日文庫時代小説アンソロジー

鰯の三杯酢、里芋の田楽、のっぺい汁など素朴で旨いものが勢ぞろい！　江戸っ子の情けと絶品料理に癒される。時代小説の名手による珠玉の短編集。